狼與辛香料 XX

Spring Log Ⅲ

支倉凍砂
Isuna Hasekura

Illustration
文倉 十
Jyuu Ayakura

溫泉旅館「狼與辛香料亭」老闆娘
賢狼赫蘿

狼與春天的失物
「話說回來，汝啊。」
赫蘿坐正姿勢，
表情嚴肅地這麼說，
還清了清喉嚨。
她每年都這樣，
就是不肯主動說出來。
「好好好，妳要什麼我都知道。」
羅倫斯不由得一笑，
拿起仍帶有森林芬芳的梳子。

狼與麥芽糖色的日常
「我有事跟妳說。」
聽見羅倫斯夾雜嘆息的語氣，
赫蘿才終於抬起頭來。
吃完飯到現在，
她都巴在臥房桌邊寫東西。
溫泉旅館「狼與辛香料亭」老闆
羅倫斯

「啥事？」
「臉上沾到墨汁了。」
「唔。」
羅倫斯的手指，
抹得赫蘿閉起瞇細的眼，
獸耳頻頻抽動。

狼與收穫之秋
「來，喝點水。」
當他坐在倒木上準備午餐時，
原本跑得不見蹤影的赫蘿拿著皮袋回到他面前。
看來是找個池塘打新鮮泉水來了。

「啊，謝謝。再等一下，午餐馬上就好。」
「嗯，肉要多一點喔。」
語氣中甚至沒有一點戲謔。
赫蘿站在羅倫斯身邊，舒爽地瞇起眼，
望著隨風搖曳的樹林這麼說。

Contents

WORLD MAP
凱森
迪薩列夫
多蘭平原
阿蒂夫
樂耶夫山
約伊茲
紐希拉
伊克
堂斯格
凱爾貝
樂耶夫河
斯威奈爾
溫菲爾王國
雷斯可
托爾金
雷諾斯
羅姆河
特列歐
普羅亞尼國
恩貝爾
N
W
E
S
卡梅爾森
拉姆特拉
崔尼國
波羅遜
留賓海根
帕茲歐
約連
斯拉烏德河
帕斯羅

地圖繪製／出光秀匡

狼與春天的失物

山雪消融，草木抽芽，世界又鮮豔起來。

冷若凍石的冬季空氣，也逐漸轉換為柔和的泥土香。

冬天、春天、初夏的移轉是年復一年，但總是給人新鮮的喜悅。

然而人類活動也因此熱絡起來，有數不完的工作等著處理，可謂是有樂也有苦。

這當中最麻煩的工作，今年也落在了羅倫斯頭上。

「唔……呃……哈啾！」

溫泉旅館「狼與辛香料亭」的老闆羅倫斯，因鼻子吸進異物而打個噴嚏醒了過來。還以為是睡覺時有蜘蛛在臉上結網，結果不是那麼回事。

羅倫斯唏哩呼嚕地抹抹臉，馬上就發現那是什麼。掀起被子一看，見到的是一片慘狀。

「喂，快起來。」

同一條被子底下，有個年若豆蔻，睡得很沉的少女。亞麻色長髮光澤美麗得有如貴族，可是身材卻瘦得像個修女。

當然，那不是羅倫斯瞞天過海帶上床的情婦，是他的妻子赫蘿。

所以他並沒有任何愧疚之處，只不過赫蘿有個不可告人的祕密。而那並不是她被掀了被子也依然傻呼呼地縮成一團，繼續睡大頭覺這件事。

問題在於她頭頂上那對三角形的獸耳，以及腰間毛茸茸的大尾巴。這是因為，赫蘿從前是受人奉為神明的狼之化身。

「又到了這個時期啊……」

她不曉得作了什麼夢，嘴在傻笑。低頭看著赫蘿如此痴呆樣的睡臉時，這位自稱賢狼的少女慢慢晃動尾巴，讓羅倫斯又打了一次噴嚏。

被子底下滿滿都是褐色的毛。想當然耳，睡死的赫蘿尾巴也是同樣顏色。

換毛的時期，今年也照例到來了。

以溫泉鄉聞名天下的紐希拉，夏天和冬天一樣熱鬧。在村邊河流的碼頭所卸下的貨，今天也堆成了一座小山。

碼頭旁的酒館中，羅倫斯從錢包取出幾枚銀幣，整齊排好。

「都在這裡。」

「嗯，德堡銀幣啊……七枚，好沉手啊。好久沒見到邊緣完全沒削過的美麗銀幣了。」

數那些銀幣的，是個鼻子很大的男子。看起來特別大，說不定是被酒醺紅了的關係。

男子外觀像個扮成商人的樵夫，而他實際上也的確是以此維生，是個經驗老到的木匠。

「今年也受您關照啦。話說，嫂夫人的頭髮還真長啊。」

桌上除了啤酒和豬肉香腸外，還擺放著約三十個齒列整齊的梳子。木匠不是專程作他生意，也會賣梳子髮飾給往來紐希拉的舞孃，不過羅倫斯也知道，自己的用量恐怕是她們的好幾倍。

「她一有空就愛梳頭髮。每年都要買這麼多梳子，傷腦筋啊。」

刻有太陽圖樣的德堡銀幣，是銀價很高的優質貨幣。

而且一次七枚。

城鎮裡作正當生意，需要養家活口的熟練工匠，工作一天頂多賺一枚半銀幣，生意好時能到兩枚，可見買這些梳子有多奢侈。

「有錢賺我是很高興啦，但您真的不考慮買金屬梳子嗎？鍍金的高檔貨可是永不生鏽，且不傷頭髮。買一個就能用好久好久。」

木匠提了個不顧收入減少的建議。也許是一次要做一大堆梳子，讓他也做煩了。有這樣的好手藝卻沒加入任何城鎮的公會，在各地之間遊走，應該是因為他原本就不喜歡重複相同的工作。

「因為她說什麼都不想用金屬梳子。」

「這樣啊。其實其他地方偶爾也會有這種女孩，說什麼會傷髮質之類的。不過，至少比非金梳子不用好多了。」

木匠笑著灌幾口啤酒，最後吐口大氣。
「說老實話，你的生意我恐怕只能再接幾年，以後會怎樣很難說呢。」
木匠仔細瞧過銀幣正反面之後收進錢包，並這麼說。
「我最近視力開始變差，數起梳齒很不容易。」
「這樣啊……我還希望都讓您替我做呢。」
「別擔心，到時候我再替你找認識的師傅。鎮上工坊裡的人，對數字可是在行得很。」
相對地，這得額外支出工會介紹費和運費。如果價格不變，就要犧牲品質了。
在羅倫斯苦惱該怎麼說服赫蘿時，木匠乾掉啤酒，捏起剩下的香腸塞進嘴裡，起身離座。
「好啦，我在其他旅館還有事情要忙。」
「啊，不好意思，勞駕了。」
木匠似乎是個急性子，沒等他說完就邁開步伐，揮手致意。
羅倫斯無奈嘆口氣，喝完自己的啤酒，抱起一整個提袋的梳子返回旅館。

旅館已有住客，所以到了換毛的季節，赫蘿大多都躲在臥房裡。這是因為到處掉毛，掃起來也不方便，且好認的狼毛被客人看見了，會以為晚上有狼從森林裡跑進來，造成無謂恐慌。

羅倫斯將新梳子送進臥房，見到赫蘿正以缺了齒的梳子仔細地刷毛。

「來，新的梳子。」

羅倫斯將整袋梳子倒在書桌上，拿起一把拋給赫蘿。總是在床上理毛的她，此時坐在窗邊的椅子上。

窗框上擺了葡萄酒之類的東西，看起來頗雅致。

「嗯，這梳子還是一樣香味撲鼻吶。」

赫蘿拿起新梳子，貼在鼻頭聞兩口。

羅倫斯也跟著聞聞看，的確有新木材的清香。

「咱的尾巴呀，就是要配這種森林的香氣。」

赫蘿狼心大悅地這麼說，不過一部分也是為了預防羅倫斯怕太浪費而換成金屬梳，才說這種話牽制他。

「怎樣都好啦，毛可別亂撒喔。」

「大笨驢。」

赫蘿念歸念，但這時候的房間真的怎麼掃也掃不完。羅倫斯進房就順手拿起立在牆邊的掃把掃地，已經是反射動作。

這時，赫蘿在椅子上生起悶氣。

「汝一年比一年討厭了。」

「嗯?可能是一年比一年老成了吧。」

羅倫斯伸個懶腰，搓著下巴鬍鬚這麼說。

「不過今年少了一條尾巴，狀況好很多了吧。」

旅館原本還有另一個有獸耳獸尾的人，那就是他們的獨生女繆里。然而在旅館工作的青年寇爾下山遠遊時，繆里也跟著溜走了。直到今天，羅倫斯還是一想到這件事就煩心，但那也不是全無好處。尤其是繆里和赫蘿不同，對保養尾巴一點興趣也沒有，總是任憑它掉毛，專幫倒忙。

當羅倫斯將掃把擺回牆邊時，忽然發現一件事。

「喔不，尾巴並沒有少。」

「嗯?」

「我忘了瑟莉姆。」

瑟莉姆是由於一段因緣際會，前不久來到旅館工作的新幫手，和赫蘿一樣是狼的化身。

「反正有些梳子是訂給繆里用的，給她就好了吧。」

讓員工工作起來更舒適，也是老闆的職責所在。

羅倫斯這麼想而開始挑選梳子時，赫蘿的手從旁伸來，全部抱走。

「咱全都要。」

見到赫蘿這麼貪心，讓羅倫斯愣了一下才回神。

「怎麼說這種話，瑟莉姆也和妳一樣頭痛吧。」

「她耳朵尾巴都能藏，沒那種必要。」

赫蘿立刻回答。

羅倫斯先是覺得有道理，但隨即發現不是這樣。

「繆里也會藏，可是在這時候還是一樣啊。」

他們的獨生女繆里和赫蘿不同，耳朵尾巴收放自如；但似乎只是看不見，不是真的消失，還是有整理的必要。

「幹麼說那麼粗糙的謊啊？」

羅倫斯也不是勸，更接近是不敢恭維地反問。只見赫蘿一點也不害臊地轉向一邊說：

「給她錢不就好了嗎，大鼻子木匠還在村裡吧？」

話是這麼說沒錯，可是赫蘿再怎麼會用梳子，也用不到這麼多才對。

想歸想，經驗告訴羅倫斯再跟鬧彆扭的赫蘿爭下去，容易讓她更賭氣。況且梳子放著不會餿掉，給錢讓她自己買也是一樣結果。

最後，還是順了赫蘿的意。

「知道了啦。」

聽見羅倫斯這麼說，赫蘿又有話想說似的看著羅倫斯，然後把手上的梳子和袋子放回桌上。

「話說回來，汝啊。」

赫蘿坐正姿勢，表情嚴肅地這麼說，還清了清喉嚨。

她每年都這樣，就是不肯主動說出來。

「好好好，妳要什麼我都知道。」

羅倫斯不由得一笑，拿起仍帶有森林芬芳的梳子。

洋蔥皮剝著剝著，總會有擔心不小心多剝一層皮的錯覺。

赫蘿每年保養尾巴時也都有這種感覺。

購入新梳子後的第一梳，都是由羅倫斯動手，再來是赫蘿要求才替她梳。

而今年赫蘿要求的次數，打從一開始就很頻繁。像今天，工作告一段落，吃過午餐回到臥室，赫蘿又路半昏倒似的趴在羅倫斯腿上。

搖晃著剛梳好的尾巴，悠哉地打瞌睡。

這位賢狼大人對尾巴的保養方式有自己的一套理論，剛開始與羅倫斯一起旅行那一陣子，尾巴連碰都不給他碰。每次想到這件事，羅倫斯就覺得赫蘿是真的對他以身相許而喜不自勝。女兒繆里不在而卸下母親矜持後的慵懶模樣，也總是讓人覺得拿她沒轍，不禁莞爾。

羅倫斯就這麼一邊笑，一邊除去纏在梳子上的毛，裝進已經鼓成一大包的脫毛袋。

雖想用這些毛做坐墊，可是赫蘿堅持說：「只有咱能拿汝墊屁股，不准反過來。」抵死不從。先不說墊不墊屁股，對商人骨子的羅倫斯而言，有狼毛不能用實在覺得很浪費。假如赫蘿是羊，他一定不肯把剃下來的毛直接丟掉。

「……呼嘎！」

想著想著，赫蘿忽然怪叫一聲，身體抽動一下。

簡直就像天暖時睡在家門口的狗。不過羅倫斯很清楚說出來會有什麼下場，只敢在心裡想。

「好了，要睡就蓋被子睡，不然會感冒。」

羅倫斯是好心才這麼說，結果赫蘿卻嫌嘍唆似的搖尾巴撲向他的臉。

「喂，不要……不要啦！」

想撥開尾巴，赫蘿卻趁隙伸手抓住羅倫斯的衣領。知道不妙時，人已經被她拉倒按住，活像狼爪下的獵物。

「……我還要回去工作耶。」

即使這麼說，赫蘿還是巴在他身上猛搖尾巴。

「受不了……繆里走了以後妳就自甘墮落成這樣。」

赫蘿連反駁都懶了。

此外，羅倫斯中餐喝的小小杯葡萄酒似乎是意外地烈，一股難以抗拒的午睡誘惑侵襲了他。該做的工作還有一大堆，但現在甚至能聽到惡魔在耳畔囈語，說偷一天懶沒什麼大不了。

隨著赫蘿尾巴愈搖愈慢，羅倫斯的眼皮也愈來愈重。

但就在意識就要斷線那一刻，他使勁力氣甩開睡意站了起來。

「不行不行，漢娜和瑟莉姆都還在幹活呢。」

依然賴在床上的赫蘿對羅倫斯投來怨恨的眼光。

「我知道出不了房間的人容易變成一灘爛泥，可是只要度過這個難關，接下來就是愉快的夏天了。」

山上有大把蕈菇、樹果任人摘採，蜜蜂也到處築巢，蜜可成河。夏季的河魚比冬季可口，等到路況好轉，交通熱絡了，還會有人帶大批家畜上山，能吃到沒有醃過的鮮肉。

為了享受美食，現在非得好好工作，做好準備不可。

「再說，要是妳真的閒到發慌，不如就想想怎麼利用這個吧。」

羅倫斯指著塞滿脫毛的袋子說，惹來赫蘿一臉不願。

「每年都掉這麼多，還讓人掃得這麼累，丟著不覺得浪費嗎。還記得吧，以前有個貴族千金來這裡玩的時候，不是帶了用她愛犬的毛做的娃娃嗎？」

娃娃做得很精巧，吸引了舞孃們的關注。當時羅倫斯覺得這大有賺頭，但聽說很費工夫而作罷。

「既然是妳尾巴的毛，驅熊效果應該非常好吧。」

羅倫斯是故意不說驅狼，但總之身上若有赫蘿的氣味，森林的霸主們就會主動走避吧。

「大笨驢。」

結果赫蘿短短這麼說，翻身過來。

「咱可是賢狼赫蘿，隨便用咱身體的一部分，可是會引起災難的。」

「太誇張了吧。」

羅倫斯一笑置之，被赫蘿瞪了一眼。

要是繼續刺激她，好像真的會生氣。

「總之乖乖待著啊。」

補上這麼一句後，赫蘿大嘆一聲，耳朵尾巴都無力下垂，顯得很沒生氣。

「待在房間裡是無所謂……可是咱好想泡澡喔……」

「就這件事萬萬不可。」

由於紐希拉地處山林，對於狼蹤的傳聞特別敏感。要是有大把狼毛在浴池裡到處漂，不僅是他們的旅館，整個村子都會大地震。

「我買點好東西來給妳吃，忍著點。」

到頭來還是只能用食物來安撫她，赫蘿的耳朵豎了起來。

「嗯……那咱要烤全豬。」

「拜託妳不要亂說好不好，一整頭豬可沒有那麼好弄上山耶。」

弄活豬上山的麻煩之處，羅倫斯不知已經對赫蘿解釋過多少次。

首先要向往來紐希拉的商人下訂，商人再向河下游城鎮的肉店下訂。肉店接到訂單便到市場去，以肉店工會的合作農家聯絡管道告知所需豬隻的大小和體態，等農家答覆。運氣好有符合的豬隻，且沒有其他肉店下同樣訂單才終於能夠帶上山。想送上紐希拉，不僅得反溯上述的管道，活豬會叫會大小便，最麻煩的是還會想跑，需要多找人隨行照顧豬隻。而且全豬所費不貲，運送及買賣的商人之間要打契約才能保險，有時甚至得請人公證。

總而言之，這當中牽扯到太多層步驟，費用會一層層往上跳。

即使羅倫斯每次都再三解釋他不買全豬不是因為小氣或故意唱反調，赫蘿還是很懷疑。

原以為赫蘿今天又發作了，結果她抖了抖耳朵這麼說：

「咱才沒有亂說。」

「拜託喔……」

就在羅倫斯嘆口氣要老調重彈時，赫蘿站起來往窗外看。

吧。

「汝自己看唄，有賣豬的旅行商人。」

「啊？怎麼可能有那麼好——」

話沒說完，羅倫斯自己也見到有人牽著豬在路上走。赫蘿的耳朵是聽見噗咿噗咿的豬叫聲了吧。

「汝啊，今天就把那整隻烤來吃唄。喏，汝啊。」

赫蘿先前的疲軟表情一掃而空，變得精神奕奕，像個孩子抓著羅倫斯衣角央求。

可是羅倫斯愣在窗邊，不是因為有豬上山。

而是他認識牽豬的人。

「魯華先生！」

那居然是身經百戰，恐怕不太適合牽豬的強悍傭兵。

羅倫斯急忙跑出旅館外迎接。只帶幾個部下的魯華一身輕裝，悠哉地停下來。

「嗨，羅倫斯先生。」

「……」

沒有看錯，真的是魯華。

每次見到都變得更深的笑容依然不改，羅倫斯還以為自己作了白日夢呢。

「呃……啊，別站著說話，到裡頭坐著說吧，赫蘿會很高興的。」

魯華點點頭，轉頭打個手勢要部下一起進屋。

手上繩子另一頭繫的豬，真的是又肥又大。

「原本是應該先捎個信過來的，可是事出突然。」

進旅館時，魯華這麼說。

魯華的傭兵團規模並不大，但仍是北方地區無人不曉的勇猛傭兵團。其威望之高，甚至有領主願意重金禮聘他們到其領地底下做事。

而率領如此傭兵團的人，突然牽著豬跑到溫泉旅館來了。

實在令人費解。

「這時節應該很忙吧……」

羅倫斯自己也不曉得忙不忙，總之先應個聲。

「就是說啊，今年還接到了一個利潤很好的怪工作呢。這件事，我們就進去慢慢說吧，今天我也是為了這件事來的。」

魯華如是說。

的確，只帶了五個部下，相當於左右手的軍師又不在，是不太尋常。

「當然，伴手禮我可沒少喔。」

看來那頭豬真的是送來給赫蘿吃的。魯華仍是那麼豪邁，讓羅倫斯有點措手不及地陪笑。

「不只是赫蘿大人，我們傭兵團的小公主也會很高興吧？」

然後，魯華說出了這種話。

魯華所率領的傭兵團名叫繆里傭兵團。繆里是赫蘿多年前失散的故友，曾經託人類替她傳話，而那個人類後來就成了這傭兵團的始祖。

赫蘿女兒之名也是由此而來。

「公主長大很多了吧？有沒有變得更臭屁呀。」

魯華期待地這麼說。頑皮的繆里非常喜歡生活即是冒險故事的魯華，也認為他是最強的玩伴，再怎麼荒唐的惡作劇也不怕。

而魯華也很疼愛這樣的繆里，不過現在羅倫斯想到女兒就心酸。

「這個嘛……」

於是他對魯華老實說出了女兒繆里和在旅館工作的青年寇爾下山旅行的經過。

聽了這件事，魯華連自己手裡的牽豬繩掉了都沒發現。

「什麼……他們兩個竟然……」

「老、老大！」

兩個部下急忙扶住腿軟的魯華。

要部下退開後，魯華閉眼扶額，仰天興歎。

好一會兒才低頭轉向羅倫斯，露出連部隊瀕臨覆滅也不會有的表情。

「唉，在你這個父親面前說這種話可能不太好……」

他中箭似的按著胸口說：

「好像嫁了女兒一樣……」

「不是私奔啦。」

羅倫斯答得非常快，讓魯華都愣住了。

「真的嗎？」

「我是這麼認為的。」

見到羅倫斯語氣這麼堅持，魯華也心裡有數了。

他皺眉而笑，拍拍頑固旅館老闆的肩，甚至給他一個擁抱。

「好了，我們去喝一杯吧。」

羅倫斯總算是找到一個在女兒的事情上和他有所共鳴的對象。

往骨頭上那一大塊滴著肥油的肉咬下一口，不顧沾得滿下巴的肉汁用力一扯，軟綿綿的肉就和骨頭分了家。嚼下去，肉塊便在嘴裡化開，愈嚼愈香。

最後舔乾淨骨頭上殘餘的肉屑和油脂，配一口在冰窖裡冰鎮得透心涼的啤酒。

「嗚啊……太過癮啦……！」

赫蘿痛快至極地這麼說，尾巴上的毛全豎了起來。

「很高興您這麼喜歡。」

旅館餐廳有其他客人，所以這場酒席是開在臥室的暖爐上。

房裡的豬油味會殘留好一陣子，這讓羅倫斯有點擔心這反而會讓赫蘿每天肚子特別餓。

「真希望也讓令千金嘗嘗。」

魯華一邊說，一邊將切成四方形的五花肉插上鐵串。

據說這樣熱度更能透入其中，味道更香。

「這麼好的肉給那頭大笨驢吃太浪費了，寫信告訴她很好吃就夠啦。」

對於食物方面，赫蘿還真的會和女兒繆里斤斤計較。

這時，羅倫斯忽然想起一件事。

「對喔，寫信啊……說有香噴噴的肉吃，她說不定就會回家了呢。」

魯華聽見這句話不禁苦笑。

「身為同樣冠上繆里之名的人，我也覺得寇爾還不錯啦。」

「再幫咱跟這個不知好歹的大笨驢多說幾句。」

赫蘿邊啃香脆的烤豬耳邊說。

「可是赫蘿大人，我們男人就是沒那麼聰明啊。」

赫蘿無奈嘆口氣，往燉豬雜伸手。

「對了，汝是來談什麼事。帶一整頭豬當伴手禮，連咱都收得手軟了吶。」

話雖如此，她還是一副要自個兒吃完八、九成的氣勢。幸好有預留瑟莉姆和漢娜的份。

當羅倫斯這麼想時，原本勇猛果敢的魯華說話卻含糊起來。

「好，關於這件事嘛……」

魯華從腰間佩劍處取出一個小囊說：

「這是令千金送我的護身符。」

那是個縫得很粗糙的束口袋，講客套話也稱不上好看。

赫蘿吞下啤酒，鼻子抽兩下，眉頭馬上就皺了。

「那頭大笨驢給汝這種東西做啥？」

這句話讓羅倫斯明白束口袋是繆里做的東西。

「以前來這裡玩，陪她打獵的時候，我提到被狼群襲擊的事，她就要我帶在身上。」

「……」

赫蘿都傻眼了。

「裡面裝什麼？」

魯華表情非常頭痛地回答羅倫斯的問題：

「裡面是令千金尾巴的毛。」

「尾巴的毛？」

「嗯……雖然我再三拒絕，可是她自己偷偷塞進了我們的行李裡，我也不能亂丟，到最後就帶在身上了。」

繆里傭兵團打著狼的旗號，創團緣由也與赫蘿的故友有關，但魯華他們並不倚賴赫蘿非比尋常的力量。那是一種尊嚴，也是對赫蘿致敬。

由於有這樣的緣故，儘管是不可抗力，或許他還是覺得借助赫蘿之女繆里的力量並不光彩。

然而只為了這件事就專程帶頭豬上溫泉旅館，實在不太合理。

在羅倫斯左右尋思時，赫蘿敲信號似的將啤酒杯叩一聲放在地上。

「所以，汝就是戴著那種東西趕狼，結果惹上麻煩了唄？」

赫蘿伸手拿烤得差不多的肉串並這麼問。

麻煩？羅倫斯不解地往赫蘿瞧，魯華跟著說：

「對……就是這樣。原先不管經過什麼森林，都不必在驅趕狼群上多花力氣，幫了我們很大的忙。」

魯華從部下手中接過酒桶，替赫蘿斟滿酒。會帶在身旁防身，應該都是親信吧。見到赫蘿的耳朵尾巴，連眉毛也沒挑一下。

「最近接了一件工作之後，狀況變得有點怪。」

「哼～」

赫蘿要他繼續說般晃晃尾巴。

對於晃掉的毛，魯華當然眼睛眨也沒眨。

「我們目前正在擔任某方領主的護衛，於是領主要我們去牽制領地森林中遊蕩的狼。」

「牽制？」

赫蘿賊笑著重複這個字眼。

羅倫斯知道那是出於魯華的立場，對赫蘿清咳一聲。

「開玩笑的。總之就是有人聽說狼會避開汝等所在的地方什麼的，所以替汝等引薦，所以現在要把狼趕出森林唄。」

魯華默默垂下腦袋，看來是說對了。

「完全就是那麼回事……」

「然後呢？有咱們家那隻大笨驢的毛，大部分的狼都不敢靠近了唄？還是說，有咱的同類出現了？」

儘管不多，但是像赫蘿這樣懂人話的長壽野獸的確存在。

以狼來說，瑟莉姆就是一例。而他們力量也比人類高出許多。

因此，事情恐怕要赫蘿出面協調才能解決，這樣也能夠解釋魯華為何帶豬這麼高級的供品上山了。問題是，赫蘿得和堪稱同伴的狼爪牙相向。

羅倫斯緊張了一下，但魯華無力地搖了搖頭。

「不……」

「唔……嗯？」

羅倫斯見到剛說出最壞可能的赫蘿，露出同時交雜放心、掃興和疑惑的表情。

他也想不到其他可能，顯得很意外。

「魯華先生，貴團是因為我們的女兒而惹上麻煩了吧。那麼負起這個責任，也是我們作父母的義務。可以請您告訴我們嗎？」

聽羅倫斯這麼問，魯華以信徒告解般的表情望向他。

「真是慚愧，還要您為我們擔心。這完完全全……完完全全是我們的疏忽所至……而我們實在是束手無策。」

魯華這麼說之後，啃拳頭似的將手捂上了嘴，痛下決定似的抬頭說：

「其實，事情正好相反。」

「……相反？」

赫蘿的尾巴由右至左拍了一下。

「是的。森林裡的狼群相當難纏，僱用我們的領主要求設法處理。雖然他原本是僱我們來打仗，可是既然約都簽了，在這裡退縮有損團旗榮光，我們只好硬著頭皮到森林裡牽制狼群了。起初和往常一樣，令千金的束口袋非常有效，然而大約一個月前，事情有了變化。」

魯華說到這裡大嘆一聲。

「狼群的首領好像愛上了我。」

他愁苦的面容，深刻表現出認為自己講了非常蠢的話。

「我也很想以為是誤會，但我只能這麼想。剛開始，我以為牠認為我們是特別有骨氣的敵人，隔了一段距離跟來，結果有一天，我們發現當宿舍用的旅舍門口擺了一具鹿屍。」

傭兵團長擦擦額上汗珠說：

「我曾聽說過，古代部族之間起衝突時，可能會到敵人家門前擺放獸屍當作威嚇，或是用一些法術方面的騷擾……」

然後徵詢赫蘿意見般往她瞧。

「咱們不會做那種事。」

赫蘿給出好的答覆，但表情出奇嚴肅。

羅倫斯轉過頭，發現赫蘿尾巴尖端抖個不停，發現她原來是在憋笑。

「而且放了好幾次鹿以後，還換成狐狸、兔子、獾，甚至連大鯉魚和八目鰻都有……直到出現一個大蜂巢，我們才敢確定那是沒有敵意的行為。」

赫蘿拿喝酒拚命掩飾表情，可是尾巴抖得好厲害，簡直像條快死的蛇。

「所以有一天，我下定決心去面對那頭狼，發現那是率領一個大狼群的公狼……」

魯華頭痛難耐似的扶著額。羅倫斯見狀，便不多問當時發生了什麼事，狀況如何了。

那畢竟是受繆里氣味吸引而愛上魯華，不斷獻殷勤的公狼。

眼前的魯華身上不像有傷，應該沒有打起來，但光是對方湊上來東蹭西蹭，就夠讓人不好受了。

「對沒有敵意的人拔劍，有損武人名節，然而對方也是與人類水火不容的狼……抱歉，赫蘿大人和羅倫斯先生不在此限。」

「請別在意。然後呢？」

經羅倫斯一催，魯華深吸口氣繼續說：

「就算不攻擊我們，有狼群跟在我們周圍也是很傷腦筋的事。一來可能會有人認為用了奇怪的法術，再來就算狼群把我們當作同伴，其他狼也不一定會這麼想，因此……」

魯華說出結論：

「可以的話，還請赫蘿大人出面替我們解開誤會。」

到這裡，赫蘿終於忍不住噴笑了。

「嗤嗤嗤……抱歉，這對汝等而言是大問題唄……可是……噗噗、啊哈哈哈哈！」

赫蘿難得笑得這麼誇張，都快翻過去了。

笑過癮之後，赫蘿前傾湊向垂頭喪氣的魯華，抽走他手上的束口袋。

「真是的，咱們家的大笨驢還只是小丫頭吶。」

拿到鼻頭聞了幾下，丟到羅倫斯大腿上。

「然而，咱的確是不能忽視女兒的過錯。要是害了汝等，就要給託付爪子給汝等的老繆里看笑話了。」

魯華抬起頭，表情有如聽見絞刑中止的受刑人。

「那麼……」

「嗯，只能跟那頭可憐的狼說清真相了。」

「感激不盡。現在是由軍師摩吉帶著一個束口袋，拚命在安撫那頭公狼呢。」

摩吉是魯華父親那代就在團中的軍師，有副熊一般的魁梧身軀。

羅倫斯一想像那樣的摩吉被大狼親近而一臉手足無措的樣子，雖然頗為同情，但也覺得有點好笑。

「不過——」

這時，赫蘿說道：

「咱不去。」

「赫蘿。」

羅倫斯一插嘴，赫蘿就用相當嚴厲的目光瞪他。

逼得羅倫斯把話吞回去之後，赫蘿滿意地搖搖尾巴說：

「這件事，咱要找咱們家的年輕人去。」

「年輕人……？」

「妳說瑟莉姆？」

羅倫斯的疑問使赫蘿不太高興地噘尖了嘴。

她不理羅倫斯，對魯華解釋道：

「咱們這陣子請了一個同類，叫做瑟莉姆，是頭很有能耐的狼。看起來瘦小，工作起來勤奮得很吶。」

「太好了，可是……」

魯華看看羅倫斯，再看看赫蘿。他似乎發現兩人之間的氛圍出現細微變化。

「咱不能離開這溫泉旅館，而出門辦事是新人的義務，不是嗎？」

當然，魯華聽了只有肯定的份。

「話是這麼說沒錯……」

「那就說定啦。」

赫蘿說完便伸手抓肉。

張開大嘴要啃下去之前，往兩個呆愣的男子瞥一眼。

「咱可是賢狼赫蘿，對這裁決有任何不滿嗎？」

不敢這麼想的魯華搖搖頭，而羅倫斯則是疑惑地嘆口氣。

即使那是個怪差事，瑟莉姆仍然眉頭也不皺地接下了。

跟魯華一起走，往返都很花時間，所以告知地區名稱並給她一份地圖，讓她在魯華來到溫泉旅館的當晚就出發。來回各兩天，也就是會少四天幫手。

對於單趟就要五天的魯華幾個而言，實在很羨慕這樣的腳程。

隔天，魯華幾個也回去了。雖然這場重逢相當短暫，但傭兵這工作隨時都可能有個萬一，能見到他們就夠羅倫斯高興的了。

另一方面，由於旅館的人手只剩下他和漢娜兩個，只好對客人說瑟莉姆有急事外出，赫蘿身體不適臥床休養，若有怠慢之處還請多多包涵。

所幸客人多是往來好幾年的熟客，不需太多照顧，只求酒足飯飽即可，應該是撐得過去。

唏噓地目送魯華等人離去後，羅倫斯返回臥房，見到似乎也在窗邊目送魯華的赫蘿帶著準備罵人的眼神轉過頭來。

「所以咱不是說了嗎？」

羅倫斯一時沒聽懂，見到書桌上那堆梳子邊繆里做的護身符才會意過來。

「那就是妳說的災難嗎？」

羅倫斯問能不能用每年尾巴脫的毛做點東西時，赫蘿曾說小心惹來災難。

她倚在窗框邊拄肘托腮，表情不耐地說：

「咱可是賢狼赫蘿，智慧和可愛不是其他狼能比。要是把咱的毛一包一包分出去當護身符到處分散，會把護身符所到之處的公狼迷昏頭。」

雖覺得誇張，但現在已有繆里的前車之鑑。

「說不定啊，那些腦袋充血的公狼還會順著氣味找來這溫泉旅館吶。」

眾多騎士圍繞一名公主下跪如此故事書中的情節，並不是完全虛構。

「然後，當這些雄性發現旅館裡有個沒出息的蠢羊把嬌弱的賢狼當下人使喚以後，牠們會怎麼做？森林的規矩可是弱肉強食喔？」

先不問究竟是誰使喚誰，狀況本身是不難想像。

再說，光是有狼在這座旅館周圍閒晃，就足以構成致命傷。

「的確……是場災難。」

見羅倫斯總算明白，赫蘿哼了一聲。

「不過話說回來。」

羅倫斯接著這麼說。

「這樣不是妳更應該自己去，而不是找瑟莉姆嗎？」

問題是繆里造成的，而且能掩藏耳朵尾巴的瑟莉姆和赫蘿不同，旅館需要她的人手。

結果赫蘿露出無語問蒼天的表情，用力嘆氣。

「大笨驢。」

然後往縮起腦袋的羅倫斯看一眼，百般不耐地起身走過去。

羅倫斯不禁退後，而赫蘿撲進懷裡似的抱住他，就這麼把他推倒在背後的床上。

「呃，喂！」

這個不太像是生氣的反應讓羅倫斯慌張起來，而赫蘿環抱他的手更加使勁，並說：

「在這時節，不管是誰都很容易動情。咱才不要把汝跟那個小丫頭單獨擺在一個屋簷下。」

「啊？」

還來不及說「不可能有那種事」，赫蘿的指甲已經按進他的背。

「傻傻想送梳子的人，現在還有臉說什麼？」

到這一刻，羅倫斯才終於明白赫蘿為何不准他送梳子。他雖想說自己沒有二心，瑟莉姆也不會誤會，但還是把嘴邊的話收了回去。問題不是自己怎麼想，而是赫蘿怎麼看。

以為繆里離家以後就會風平浪靜的旅館生活，實際上是頗有風波。

但羅倫斯並不認為赫蘿因此變得疑神疑鬼。

赫蘿十多年來終於能放下身為人母的矜持，才會耍耍任性、鬧鬧脾氣，愛做什麼就做什麼。

她原本的公主氣質可是比繆里更重呢。

「好啦，梳子的事我跟妳道歉，是我考慮不周。」

「那當然。」赫蘿臉貼在羅倫斯胸口，聲音模糊地說。

「可是說到做護身符這點，應該沒那麼糟吧？」

赫蘿耳朵豎了起來。

見她抬頭望，羅倫斯跟著給她一個笑臉。

「妳不想看我把那些被妳氣味引來的公狼全部趕跑的英姿嗎？」

赫蘿睜圓眼睛，咧齒而笑。

「旅行的時候，汝明明遠遠聽見狼長嚎就會嚇得發抖吶。」

「所以更需要啊。」

「嗯？」

「為了妳，就算面對可怕的對手，我也會鼓起勇氣。」

赫蘿臉突然被強風刷過似的閉上眼睛，拍拍耳朵。

然後臉頰貼上羅倫斯胸口。

「汝就只有嘴巴厲害。」

「那需要我證明不是只有嘴巴厲害嗎？」

赫蘿的耳朵尖尖豎起，左右扭動起來。不知是獨守空閨太寂寞，還是這季節真的容易動情，今天的她還真會撒嬌。

幾乎不會主動要求的赫蘿，投來期待的眼神。

羅倫斯與她對上眼之後給她一個微笑，然後出其不意地推開她。

並且無視於幼童般滾了兩圈的赫蘿，迅速下床站起。

錯愕的赫蘿目瞪口呆地看著他。

「我最怕的是旅館虧錢，不面對不行啊。」

赫蘿發現自己被羅倫斯擺了一道，難得面紅耳赤地抓起塞滿麥殼的枕頭扔過去。

羅倫斯輕鬆接下，斯斯文文地擺回床上。

「好啦，我該回去工作了。要乖乖喔。」

赫蘿不知是懊惱還是怎麼樣，在床上縮成一團，尾巴膨成兩倍大。

「大笨驢！」

就這樣，溫泉旅館又過了司空見慣的一天。

狼與白色獵犬

從同伴滑出山路那一刻起，神的考驗就開始了吧。雖然很幸運地並無大礙，此後持續的降雨卻造成多起山崩，害我們在深山裡進退不得。

附近村裡請來的挑夫起先還有說有笑，在月夜中聽見狼嚎後就變得很古怪。然後在某天午餐時間假稱採蕈菇加菜，就此一去不回。

把我們丟在狼嚎不絕於耳的深山裡。

所幸我們沒有迷路，一直走下去就能脫險。於是我們不斷念著神的名號，相信神會照看我們，在泥濘中一步步地走。

然而走到食糧將盡，蓊鬱的樹林仍不見邊境。雨又下個沒完，我們反覆在巨木或山崖下架起帳篷，吨也不敢打地看著水珠打青苔。

當雨連下整整三天時，我開始覺得自己真的不行了。

咳嗽的人愈來愈多，是因為帳篷底下簡直和菇園差不多。就連塗滿油脂的鞣皮大衣也吸水膨脹，長出厚厚的黴。說不定我們也會如這外套，在森林中歸為塵土。

當然，我們侍奉神的人並不怕死。我們都相信自己沒有絲毫愧疚地完成了所賦予的使命。

而且最後一項任務是調查那舉世聞名的溫泉鄉紐希拉，聽起來還不壞。

就連過去那烽火連天的時代，那片土地也不曾遭受戰火侵襲，熱鬧得不負其樂聲歡笑連綿不絕的美稱。的確，在那種氣氛下喝得微醺，處處霧氣繚繞，就算仇敵近在眼前也不會發覺吧。

但也正因如此，那裡也是不肖之徒絕佳的藏身之地。

而且每年從南方都會有大批高階聖職人員湧入紐希拉這片土地，以溫泉療養身心。難保不會有人包藏禍心，在泉水中溶入異端思想，毒害他們這般崇高的神僕。

於是我們奉教廷之命，在睽違十數年後重返紐希拉。

那裡熱鬧依舊，是個放蕩與歡愉的樂園。

德高望重的大主教，在那一臉色瞇瞇地追著舞孃跑也不足為奇。有人早也酒午也酒夜也酒，直到隔天破曉才肯睡去。但儘管他們的不檢點令人直搖頭，我們的使命是揭發異端，而不是糾舉其墮落行徑。沒錯，因為我們是異端審訊官。

我們直到深秋才終於踏上那片土地，待了整個冬天。同伴們分散於村中各旅館，在其溫泉與餐廳中監視是否有人企圖行瀆神之事。

我所分配到的，是十數年前造訪時還沒有的溫泉旅館。

深山或孤島的村落，都不喜歡變化，紐希拉也不例外。他們表面上是對外宣稱，只要挖到溫泉，不管是誰都能開旅館營業，不過，顯眼的泉點早已探盡，所以這規則實質上成了既得利益者的壁壘。

由於這裡已經多年沒有新旅館，聽到村里有了新旅館讓我很吃驚，而且生意還相當興隆。

事前調查中，出現過他們是用魔法找出溫泉，欺騙顧客的謠言。成功的新人往往會蒙受許多不實風評，所以我不會信以為真，可是這裡畢竟是紐希拉。

神選擇不才在下留宿那所旅館，讓我信心大振，誓要查明真相。然而，在那裡的所見所聞卻使我非常疑惑。

這是因為，那所旅館乍看之下清清白白，清白到讓人懷疑生意怎麼能那麼好。

而且旅館位置相當偏僻，說是村郊也不為過。那是富有住客會喜歡的地方，同時也是非常難以挖出溫泉的地方。

看來用魔法挖溫泉的謠言，也不完全是無憑無據。

而且，那裡的客層也很特異。

在浴池問住客是受誰介紹而來，每個回答的都是各地政商的大人物。且據說那每一個，都是老闆過去從事旅行商人時的知交摯友。

再進一步調查，我發現這所溫泉旅館與北方地區勢力急速發展的大商行德堡商行深有關連。

這種事怎麼會發生在一介旅行商人身上？

老闆會是用魔法蠱惑人心的巫師嗎？抑或是某個大國派來臥底的密探？無論如何，只要他與神的棲家為敵，我就得呈報給教廷知道。

如此心想的我仔細觀察旅館的狀況，但還是看不出個所以然。
那所旅館究竟是有何特別之處，能吸引那麼多人？
然而，要將他們列為監視對象是輕而易舉，但我可不能將神的善良羔羊送上火刑台。因此，我在返回教廷的漫漫長路上為如何下結論絞盡腦汁。
反正我時間多得是。
就看著不厭其煩地下個沒完的雨淋濕青苔，思考怎麼評斷吧。
那所溫泉旅館，名叫「狼與辛香料亭」。

無論從水路逆流而上，還是沿陸路走上山，最先察覺的都是氣味。
那獨特的硫磺味，濃得像眼睛看得見一樣。
當鼻子終於習慣，已經能看見樹林另一邊的泉煙。
到這個距離，樂師奏出的活潑曲調也會依稀隨風而來。
走山路進村，會先見到馬車行。四肢粗壯的長毛馬匹繫在馬廄裡，毫不怕生望著往來的旅客。其中也有許多一般體型的馬，應該是住客帶來的吧。
馬車行再過去，有個門面寬廣，看似工坊的建築，那裡是旅館介紹所（遊客中心）。門面這麼大，據說是因為需要容納雪季時行李較多的旅客。來紐希拉工作的樂師、雜技師似乎也會在這裡談生意，有幾個身材高大的女性在這裡整理頭髮，一個身手輕巧的男子倒立著走來走去，還有人正在餵表演特技的小熊。神啊，請祝福他們。

此後構造和其他旅舍聚落一樣，稀疏座落幾間販賣旅行用品的店鋪，然後是村廣場。廣場和村邊河畔的碼頭相連，人聲鼎沸。

從碼頭落地的，當然不僅是旅客。來泉療的人愈多，用來伺候他們的物資也跟著多。卸貨場吵鬧得有如開戰前夕，堆起比人還高的行李。

一旁的鐵籃裡燒了火，許多根鐵棒插在裡頭。

我很好奇那是做什麼用，便停下來觀察一會兒，見到狀似村裡公務員的人清點完貨物後，抽出一根鐵棒往貨物按。

看來那是在貨物上烙印，以免弄錯去向。

來取貨物的，應該都是各旅館的伙計，大人小孩都有，髮色、眼色與輪廓也林林總總。可能是這裡的工作淡旺季落差極大，大部分是來打工的外地人吧。

應該有很多人分不清旅館的名字，連語言是否彼此相通都很可疑。

認烙印就簡單明瞭了，實在令人佩服。

不過他們似乎還是很容易起爭執，有個人不知在大罵些什麼。

從並非旅裝看來，應該是當地人吧。他面對堆得高高的木箱，搔著頭傷腦筋。

我沒聽清爭吵的內容，但那與工作無關，也就不深入了。

離開廣場，喧囂也沒有減弱多少。

到處是餐廳或只收柴水錢的簡易旅舍，太陽還沒斜就有許多人在裡頭吃吃喝喝。

若在有城牆的城鎮，這會給人頹廢的感覺，可是這裡不同。或許每個喧鬧的人都是跟著作泉療的主人來到這裡的吧，這些隨從不會住溫泉旅館，泡的都是村中的公共浴池，在柴水旅舍打通舖過夜。

且人數實在很多，餐廳桌位都擺到了路上。在沒棚沒牆的浴池泡澡的人，還會裸著身子到路上來買酒。

聚在路邊的，多半是第一次跟某處大主教或修道院長來紐希拉的菜鳥僧侶吧。

他們僧袍各自不同，且應該互不相識，會聚在一起，多半是因為彼此之間在這片混沌中有共通話題。那模樣，好似聚成一團的羔羊。

經過他們時，正好有個半裸的美麗舞孃過去搭訕，嚇得他們一愣一愣。快步通過之餘，我祈禱他們能戰勝誘惑。

愈往村子深處走，人影愈少，房子愈大。門口有大錦旗飄揚的，是貴族將整棟包下了吧。

當深入到山勢坡度明顯有感時，旅館間的樹林已完全遮擋了彼此。碼頭的喧囂，被零星的鳥語取代。

據說愈是遠離喧囂，溫泉功效愈好，旅館價格也愈是昂貴。畢竟難以挖掘溫泉之處，代表建設旅館也很困難。沒有一定的財力，就沒有本事開門營業。那麼，到了紐希拉也得完全進入森林、登上陡坡才能夠一睹其風采的旅館，背後肯定有相當可觀的金錢支柱。

建築物本身相當樸素，裡頭傳來熱鬧的聲響。門前有如碼頭重現，堆滿各種貨物。

小麥和醃肉醃魚等是一看便知。塞得快撐破腸衣的香腸，甚至從木箱裡溢了出來。井然排列的陶甕是南方常見的樣式，裡頭裝的大概是橄欖油。或許是應某個任性的南方聖職人員或貴族的要求而送來的吧。一想到那得花費多少人力和金錢，我就直搖頭。至於看不見內容物的箱子，從作工紮實來看，應該是各種奢侈品或高級用具。

這些貨物，也全都有烙印。

那圖案從遠處即可一眼認出，也掛在旅館屋簷下。

一頭長嚎的狼。

那正是「狼與辛香料亭」的招牌。

「啊～！怎麼算都不對啦！」

突然間，有人在貨物後頭大叫，然後有個小小的腦袋蹦了出來。那是一頭灰髮彷彿摻了銀粉，有著奇妙髮色的孩子。

「大哥哥！這絕對有問題！」

那不是夥計，而是老闆的孩子吧。孩子揮動手上的石板，往旅館門內大叫。頭髮那麼長，像是女孩。還來不及為這年紀的女孩大呼小叫很沒規矩而皺眉，就見到她手伸進一旁麻袋中抓把東西往嘴裡塞。看來是個野丫頭。

「不管數幾次，麵粉就是有少啦！而且我覺得裡面有摻黑麥麵粉！就說不能相信他了嘛！」

個子雖小，眼力似乎不錯，有前途。

麥子磨成粉以後，就難以辨別黑麥和小麥，混在一起就更難分了。

若不是麵包師父，到了摻水和麵送進烤箱也認不出來吧。

這麼想時，有另一道聲音傳來。

「吱吱喳喳地吵什麼呀？」

從裡頭走出的，是個和少女像一個模子刻出來的另一個少女。

頭上裹著鬆垮的布，布底下有亞麻色的頭髮，人比銀髮少女高一點。

原以為是雙胞胎姊姊，不過亞麻色頭髮那位有種說不上的氣魄。

「麵粉袋數字不對，而且我覺得有摻假。對了，大哥哥呢？」

「寇爾小鬼被那些個老爺子叫去浴池了。話說這個摻假嘛……」

銀髮少女客氣地讓路給亞麻髮少女。

亞麻髮少女鼻子湊近麵粉袋聞了聞。

「先不說有沒有摻，數字不對說不定是碼頭那兒出問題了。在這時節是難免的事。」

「需要去看看嗎？」

銀髮少女一這麼問，亞麻髮少女就拍了一下她的腦袋瓜。

「大笨驢，汝是想去玩唄。」

「才、才沒有咧……」

「不是很多人在旅館裡閒閒沒事幹嗎？叫他們把東西搬進來以後順便去碼頭看看就行了。」

「咦～……我可以跟去嗎？」

銀髮少女的話惹來亞麻髮少女的白眼。

讓銀髮少女像隻看見狐狸的雪貂縮起身子。

「話說回來，那是誰呀？」

亞麻髮少女從大批物資另一頭指向這裡問。

看來她終於察覺我的存在。

「咦，那是誰呀？我不知道喔？」

「汝這大笨驢也真是……」

銀髮少女對自己捱這句刮不太服氣，可是被對方一瞪就縮回去了。

雖然長得一個樣，從上下關係如此明顯看來，或許是年紀有差距的姊妹。看似姊姊那位說話方式很古老，可能是從某個遙遠國度嫁過來，向老者們學習怎麼說這裡的話所致。

然而這個想法，和她與銀髮少女是姊妹的推測有所牴觸。姊妹嫁同一個丈夫是很少有的事。由於工作關係，我很容易注意這類不合常理的事。

這時，對方隔著貨物說話了。

「汝呀，來做什麼的？要化緣就不必了，浴池那兒已經有一大堆這方面的人。」

化緣發音笨拙這點，倒是相當可愛。真是個奇妙的少女。

總之我端正姿勢，作自我介紹。

「我名叫葛朗．薩加德，是目前在貴店下榻的鮑赫修道院長介紹我來的。院長可能已經跟你們說過，我會在這裡過一個冬天了吧？」

即使這麼說，對方反應還是不太好，毫不遮掩她懷疑的視線。

大概是因為我這身旅裝吧。我穿了幾件下襬破爛的大衣，脖子上還掛著乾糧兼除蟲劑，弄得像鈴鐺般的大蒜。和我差不多高的手杖是路邊撿來的木棍，可以用來驅趕野狗、測量泥濘深度或是當曬衣竿，好用得很。為了禦寒，鬍子已經好久沒刮了。

人是這副德性，手自然也好不到哪去，手指從指甲縫到每個皺摺都滿是黑垢。

被當成乞丐也怨不得人。

她說「化緣」，是因為乞丐在這深山活不下去吧。

「嗯……無所謂，客人本來就是各式各樣。」

「沒房間的話，我睡柴房也無所謂。」

「房間是沒問題，咱在想的……是其他的事。」

「其他的事？」

剛問出口，我就想到了。

「抱歉。若是擔心蝨子跳蚤的問題，我去河邊洗洗身子再來。」

這裡是有一定財富的人所聚集的旅館，和簡陋的柴水旅舍不同。

「那也是啦，不過咱比較在意這個。」

亞麻髮少女抽抽鼻子，吊起唇角說：

「汝這樣的真貨實在很少見吶。汝等都是不在乎外表，喜歡豆子和水勝過酒肉的人唄？這裡不是荒野中的寺院喔？」

「啊，這樣啊。」

我已經好幾個月沒這樣輕笑了。

「禁慾是用來律己的教條，不是強迫別人接受豆子和水的藉口。況且，神也准許我們偶爾放鬆。」

「那正好。繆里。」

一聽亞麻髮少女喚她，銀髮少女就挺直了腰。

「汝帶他去浴池，準備修臉的剃刀和肥皂那些東西給他。貨物咱來處理就好。」

「咦～奸詐耶！娘要瞞著爹偷吃對不對？」

喚作繆里的少女，稱她為娘。

起先還不敢相信，但經她這麼一說，兩人之間的氛圍還真的愈看愈像母女。

最令人驚訝的，是母親的年輕外表。

「大笨驢，咱怎麼會做那種事。」

「就是會！絕對會！裡面有砂糖甕耶！奸詐，我也要吃糖！」

如此拌嘴的模樣倒很像姊妹。

無論如何，那都很可愛。

說兩者都是這旅館的店花也不為過。

「那我該做什麼呢？」

我苦笑著問，母親跟著往女兒腦袋一拍，女兒便不情不願地帶我進門了。

隨著樂師的演奏下，歌女歌唱，舞孃舞動。有人醉心於表演，也有人一手端著葡萄酒聊得正起勁。噢，神啊，也有人忙著打牌賭骰子。

也許因為他們也是經過長途跋涉來到這裡，或是經常在國內救濟窮人或接濟雲遊的修士而早已看慣，即使穿著破爛的我出現在浴場裡也沒人在意。

我以剃刀、匕首和肥皂刮鬍修髮，徹底清洗身體。途中鮑赫院長注意到我，介紹幾個人和我認識，我們很快就打成一片。

院長幾個會在浴池待到天黑為止，不過我有必要到處探訪。於是很快就離開浴池，穿上向旅館借來的衣物返回主屋。這套亞麻布製的衣服剪裁寬鬆，還附了件塞滿羊毛的禦寒外套。

我怕穿得太暖熏昏頭，便在旅館中四處尋找自己原來的衣物，卻遇見了先前那個亞麻髮少女……不曉得該不該稱作少女，總之就是遇見她了。

她身邊有個壯年男子，兩人很親暱地依附在一起。

我不好意思打擾他們恩愛，很猶豫該不該出聲，但沒多久少女就先注意到我了。

「喔？很帥嘛汝。」

她說得咯咯笑。

「謝謝妳，暢快多了。」

聽我道謝，她又笑了一會兒然後對身旁男子使眼色說：

「他是剛來的客人，原本弄得很髒，所以就讓他先去洗澡了。」

她說得毫不客氣，但這樣的態度反而很適合她的氣質。

而男子尷尬地笑，作勢制止少女。

「內人得罪之處，請多海涵。我是這兒的老闆克拉福．羅倫斯。」

男子報出姓名，上前伸手。既然稱她為內人，表示銀髮少女真的是亞麻髮少女的女兒吧。

反覆自省與祈禱，居住在寂靜中的女性，有些可以常保年輕，但這可是特例中的特例。

我想起這間店使用法術招攬客人的謠言。

不老魔女一詞閃過腦海。

「我叫葛朗．薩加德，是鮑赫修道院長介紹來的。據說這裡是世上離神的寶座最近的地方呢。」

「我每天都祈禱不是神為了訓斥我們才這麼近呢。」

老闆羅倫斯這麼說並淡淡微笑。

洗去塵垢時，從浴池裡住客的話能確定羅倫斯曾經是旅行商人。直覺告訴我，就算他真有小辮子，也不是那麼容易抓得到。

「請教一下，我的行李和衣服在哪裡。你們借我穿的外套，對我來說有點太暖和了。」

「行李搬到房間去了，衣服正在洗。要是直接放房間，那兒就要變成蟲窩嘍。」

「喂，赫蘿。」

看來老闆娘名叫赫蘿。雖然少見，但似乎在哪裡聽過。

回想是否和異端祭典有關時，我注意到老闆的視線而回神。

「內人得罪了，她嘴巴就是管不住。」

「啊，不會，我穿那麼髒的衣服來才失禮，鮑赫院長也經常為這種事罵我呢。我不是隱士，單純就只是不注重儀容，真是慚愧。」

甚至曾經在調查異端時，反被認為是異端。

並不是擁有聖經歌頌的順從、純潔、清貧等美德，就可以渾身髒污。

「話說回來……既然衣服正在洗……」

「不如就先到房間歇會兒怎麼樣？長途跋涉很累人吧？」

「謝謝你的建議，不過我雖然都這個歲數了，來到這樣的地方還是興奮的像小孩一樣。既然承蒙你們借我這麼溫暖的衣服，我想先到村裡走走。不嫌棄的話，我就替你們到碼頭走一趟吧。剛才我聽說人家送來的貨好像有點問題。」

老闆羅倫斯有點訝異，往身旁的赫蘿看。

「先前繆里在外頭大呼小叫地說數量不對，麵粉不夠什麼的。」

「這樣啊？嗯……麵粉是跟來村裡推銷的新磨坊買的……難道真的是便宜沒好貨嗎……啊，可是，這種事怎麼能讓客人來做呢。」

「我生來就是坐不住，與其待在暖爐前，還不如到熱鬧的地方繞繞比較輕鬆。」

羅倫斯先是抱歉地看著我，最後改變心意似的笑開來。

「那麼不好意思，就麻煩您走一趟了。其實整理堆在門前的貨物，真的會讓人忙不過來。要是拖太久，雪一下就有很多糧食要壞掉了。」

「請交給我來辦。」

浴池那有很多客人，走廊另一端談笑風生。

再加上有暖爐，客人在這裡過得很快活吧。投宿一整個冬天需要耗費不小的錢財，表示付得起這筆錢的人就是那麼多。

在碼頭打聽有什麼貨送來這裡，就能窺知旅館生意興隆的祕密了。

若有使用魔法，應該會有進了怪東西的傳聞。

此外，老闆娘赫蘿的年輕外表也頗令人在意。

「那麼事不宜遲，我這就去了。」

我奉神之名之這麼說，淡淡微笑。

從地處深處的旅館往村中心走，能體會到一種降臨凡間的感覺。顯貴們就是為了這種感覺砸下重金，挑位置特別偏僻的旅館。

望著喧囂之處，我睜大眼睛查看是否有通緝的神敵潛藏其中。到了碼頭，發現吵得比之前更嚴重了。

「貨不夠啊！」

「我們沒有訂這種東西！」

「這也太誇張了吧！」

「喂，快派船去阿蒂夫！」

一群身材壯碩的男子吵鬧不休。

他們把堆在那裡的貨物全都開箱檢查。

遠遠看來，那全是麵粉。

「實在是太扯了！還是說你們上貨的時候疏忽了？」

一個壯漢往船夫看。船夫通常迷信重、處變不驚，可是面對憤怒的群眾，也不得不老實。

「怎、怎麼敢呢！我們做這行都這麼多年了，各位不是不知道吧？」

「唔唔……這個，是沒錯，你說得對……抱歉懷疑你。」

看來聚集在那的都是旅館老闆之流。

爭吵的內容，我也有個底了。

「抱歉。」

一出聲，就引來一群煩躁的視線。

「做什麼，我們現在忙得不可開交，晚點再說。」

或許是因為我的打扮怎麼看都是來住宿的外地人，他們趕我像趕蒼蠅一樣。

不過，我可是師出有名。

「是旅館狼與辛香料亭的老闆羅倫斯先生託我過來的。他們訂的麵粉有少，想問問是不是忘在這裡了。」

聽我這麼說，聚集在此的人們紛紛仰天興嘆。

「可惡，這樣全都中招了！」

看來狀況是村裡的老闆一起向缺德磨坊訂了東西，結果吃虧上當了。

「唉，在這吵下去不是辦法！我這就派馬車下山買麵粉！管他什麼村裡的規矩！」

其中一個肥胖的中年男子一把摘下帽子，緊緊捏在手裡大吼。

結果其他人吃驚地阻止他。

「不行啊，摩里斯先生，不要壞了村裡的規矩。」
「就是啊，我們也一樣頭疼啊！」
紐希拉是深山的村落，接下來是積雪深厚的冬天，麥製品全都得靠山下輸入吧。要是放任旅館自己下山買，不難想像很快就會發展成資源壟斷戰。更何況，要是外地商人發現村裡有這種糾紛，就會開始開出高價。
摩里斯是明知如此的態度，只見他衣著質感講究，感覺是有在村裡經營高級旅館的財力。
這麼想時，摩里斯又焦急地說：
「我這可不是少了一點貨物的問題啊！以為是麵粉的東西，結果拿水和下去以後才知道全都是燕麥粉！拿那種東西給客人，我的店就不用開了啊！」
摩里斯抓著帽子揮舞大叫。
麵包的等級有分好幾種，小麥是最頂級，次一級是摻黑麥、栗子粉或豆粉，然後是純黑麥的苦澀黑麵包，再來是黑麥摻栗子粉或豆粉。至於燕麥呢，則是下下級，根本就發不起來，連麵包都稱不上。一般都是煮成粥來吃，常見於貧民餐桌上。
在物產豐饒的土地，甚至只會拿來餵馬。
「可是規矩就是規矩……」
「慢著，既然摩里斯先生要派人下山買，我也想一起派。」

「喂喂喂！」

「今年麥子已經收割完了。時間拖愈久，好麵粉只會愈貴。不早點買，的確只會更吃虧。」

「不開會就偷跑的話，其他旅館會……」

「要開會就開啊，這可是全村的大事耶！」

「話說回來，我們也真傻，怎麼會被阿蒂夫一個名不見經傳的磨坊給唬了呢……甚至還要為這件事違背村裡的規矩，簡直笑掉人家的大牙啊。」

人稱這裡是距離天國最近的溫泉鄉，不過在這裡提供溫泉的人們，此時卻煩惱著十分現實的問題。

雖然滑稽，但也覺得這樣反而健全。

這時，名叫摩里斯的火爆男子又說：

「不然你們是想用雪當麵粉送進爐裡烤嗎！」

聖經有言，人不可只為麵包而活。

可是吃慣小麥麵包的住客，是絕對不會碰燕麥麵包或燕麥粥吧。

旅館老闆各個面面相覷，無奈嘆息。

「只好以顧全大局為先了……要笑就讓人笑吧，先召開緊急會議再說。」

每個人都鬱悶地點頭，就此解散。

回到旅館報告此事後，羅倫斯也甚為頭痛。

我不是村裡的人，不曉得他們處理磨坊一事的細節。

只能確定在狼與辛香料亭餐桌上的籃子裡，總是堆滿了可口的小麥麵包。

泡澡時，其他客人都笑著說，村裡一致認為這裡有掌控北方地區的大商行——德堡商行的管道，所以即使山下遭遇大歉收，也只有這間旅館能吃到香甜柔軟的小麥麵包。

原以為羅倫斯是德堡商行的相關人士，但住客說，那是因為他在旅行商人時期曾在德堡商行遭遇重大危機時立下大功。

這麼說來，不僅是麵包，其他問題也能得到解答。換言之，若有以掌控礦山聞名的德堡商行資助，在這片土地找出新泉脈，以及開店資金的部分都有了解釋。

不過這所溫泉旅館還有個奇妙的問題。實際在這住宿，又在全村走一遍之後，我發現這裡生意的確是好到足以讓其他旅館散播難聽謠言。

狼與辛香料亭位置優秀，浴池寬廣，還有個貴族垂涎的洞窟池。除此之外，並無特別之處。

紐希拉有餐點更高級的旅館，也有對酒特別講究的旅館。這裡的床是麥稈床，和絲絹與羊毛製成的床實在不能比。

浴池的娛樂也都是基本那幾樣，沒有耍特技的熊，也沒有人用嘴噴火，更沒有人要舞孃做難以啟齒的工作。

問客人這裡有什麼魅力，全都答不出個所以然。

這間旅館的氣氛是很棒，但我就是不覺得事情有這麼簡單。若說他們施了法術，倒還容易解釋。各地都有店家為了招攬客人而試圖施法，不足為奇。

可是在旅館內到處調查，也沒有任何蛛絲馬跡。

過程中，有許多客人說魅力在於老闆羅倫斯與其妻子赫蘿、女兒繆里的互動，他們具有一般旅行藝人所不會有的迷人之處。

事實上，銀髮的繆里的確是活潑可愛，而母親赫蘿維持與女兒一個樣的年輕面貌，卻有種老成的氣質，營造出不可思議的魅力。

然而，我可沒天真到這樣就相信那足以吸引這麼多客人。

其中一定有個緣由，可是我就是找不出來，時間一天天浪費。

直到下榻約兩週時，狀況才稍微出現變化。

我逃離浴池的喧囂，在杳無人蹤，通往村中心的路上漫步時，發現一道低著頭走路的人影。

雖然我也沒資格說別人，不過在這樣的村子裡那麼陰沉地獨自漫步實在很顯眼。

當我懷疑那是不是可疑人物而定睛細看，發現是我想多了，那是旅館老闆羅倫斯。

「有什麼煩惱嗎？」

身為聖職人員，我開口這麼問。當然，這也是我調查異端的工作所需。

「咦？啊，沒什麼……呃，真不好意思，都寫在臉上啦？」

羅倫斯直到抬起頭以前，都沒注意到人在上坡處的我。他摸摸臉頰苦笑，表情有點僵。

「願意的話，可以和我說說看。我絕對不是只當作打發時間。」

我開玩笑地這麼說，羅倫斯跟著笑了笑，嘆氣道：

「薩加德先生，您現在打算進村裡去嗎？」

「不，只是散個步。身體冷了以後，跳進浴池裡也比較痛快。」

「真是享受這世界的妙方之一呢。那麼，就請您在返回旅館的路上，聽聽我這個可憐旅館老闆的小煩惱吧。」

根據我從其他住客打聽來的消息，這個乍看之下不甚可靠的老闆，擁有能與眾多有力人士打好關係的稀世商才。

這樣的人究竟會煩惱些什麼呢。

如果是有人來向他的寶貝獨生女繆里說親，倒是不難理解。

「其實之前麵粉那件事還有後續。」

「麵粉的事？喔，那個信仰不足的磨坊啊。」

「最後結果就是當作自己愛貪便宜，賠錢了事了。」

「可是貴店餐桌上總是擺滿好吃的小麥麵包，問題在哪裡呢。」

羅倫斯大嘆一聲，搔了搔頭。

「當初準備向那個磨坊買麵粉的時候，村裡其實有很多人反對，後來是因為包含我在內的幾個利益薰心的老闆到處勸說才決定買的。」

然後聳聳肩，哀怨地說：

「最後免不了就是討論到是誰的錯了。唉，這也算是新人的必經之路吧……」

「他們把責任推給你了？」

「有的旅館還把我們當敵人看呢。」

羅倫斯苦笑。

「其實這種話，我是不該說出來的，但因為這個緣故，狀況變得有點頭痛。」

「你也不用說得太明白，在我旅途上，類似的事常常有，就請你別太消沉了。神永遠會站在正義的一方。」

「謝謝您。」

他表情多了點力氣，但還是愁眉不展。

「要是他們推了無理難題給你，我可以代為仲裁。身為神的僕從，我還有這點功用。」

「不不不，沒那麼嚴重。而且怎麼說呢，事情不是沒辦法解決。」

就像打啞謎一樣。我盯著羅倫斯瞧，而這位看似青年的旅館老闆疲憊地笑著說：

「他們把沒人要吃的燕麥粉都塞給了我。東西能吃，我也不忍心丟，而且量很多，花了我不少的錢。想找個方法好好利用，只是……」

沒說下去的部分，當然不難想像。挑嘴的客人，連看都不會想看燕麥麵包，這麼一來羅倫斯這些旅館的人就只能自己吃掉。可是量多，需要吃上很長一段時間。

在這個寒冷地區的雪季，雖沒有蟲蛀的困擾，不過天天都得吃燕麥麵包這種事，真的想到就讓人沒勁。

「也讓我幫點忙吧，我不介意吃沒發酵的餅。」

羅倫斯原想搖頭婉拒，但心念一轉，苦笑回答：

「我也很想說怎麼能給客人吃燕麥麵包……不過恐怕也只能拜託您了。弄不好，我和寇爾兩個要負責吃光那些燕麥麵包呢。」

寇爾是在旅館工作的青年，有志成為神職人員，知識、信仰和人品兼具，是個不可多得的人才。

在旅館住上兩週以後，我大概摸清了他們的人際關係。

從老闆羅倫斯、妻子赫蘿、女兒繆里和寇爾的關係來看，兩個男人人都很好，八成會替女人吃那些燕麥麵包。

赫蘿和繆里母女個性也很像，明顯對美食沒有抵抗力。

之前繆里嚷嚷著的砂糖甕，也似乎因為母女沒事就沾一點來吃，回過神來已經見底，讓老闆羅倫斯很是頭大。羅倫斯和寇爾被赫蘿和繆里搞得雞飛狗跳的戲碼，也成了旅館的名產。

這麼想時，羅倫斯忽然露出商人的表情。

「有件事我想請教一下。」

「什麼事？」

羅倫斯握拳捂嘴別開眼睛，可能是裝作再三猶豫。

「請問神能允許麵粉裡摻多少燕麥粉？」

他原本是只要能賺錢，腦筋動得比什麼都還快的商人，大可偷偷混摻，可是他就是做不了偷雞摸狗的事。我不禁失笑，如此回答：

「聖經裡提到，大地也需要鹽分。偶爾吃點硬麵包，不要只挑軟的吃，對健康也有益處。」

以老闆的人品來說，要摻也不會太過分吧。

「我也還沒決定要不要摻……所以這件事……」

「嗯，當然。罪人的告解，只有我和神知道。」

羅倫斯放心地笑了笑，彎腰致謝。

此後，雖不知餐桌上的麵包摻了多少燕麥粉，但能肯定我對羅倫斯正直的印象並沒有錯。從那天起，我仍經常看他在倉庫前盯著裝滿燕麥粉的袋子搔頭。

燕麥粉烤了也不會膨脹，硬得像石頭還容易黏牙，實在不是能天天吃的東西。而且磨坊把燕麥都磨成了粉來混充麵粉，不能煮粥。

在麵粉裡摻個幾成做麵包，也消耗不了多少吧。

見到他為如何處理村裡前輩推卸的廢物而發愁的模樣，讓我覺得這旅館的盛況只是表面，事實上收入只是勉勉強強。

而且我調查到最後，也沒發現這所溫泉旅館有任何異常之處。

和潛入其他旅館的同事交換資訊後，可以推知旅館有異端潛伏的謠言單純是源自一些小摩擦後的咒罵，在小村子很常見。

留宿狼與辛香料亭滿兩個月後，我認定多留無益。

「咦，您要走了嗎？」

聽我告辭，羅倫斯顯得很驚訝。這是因為現在仍是隆冬，紐希拉積雪深厚，很少有人選在這時候離開吧。當然，我已經想好了藉口。

「愈是南方，慶祝春天的祭典也愈早，不啟程就趕不上了。」

羅倫斯像是明知留不住我，遺憾一會兒後以雙手握住我的手，請我有空再來。

這次我是奉教廷之命才會來到狼與辛香料亭，若有機會，我也很想來這過冬。

然後我提出了一個請求，當作謝禮。

「可以請你烤點燕麥麵包讓我在路上吃嗎？那麼硬的東西，可以保存很久。」

「謝謝您替我想辦法。說起來也真是的，我們家的女眷都背著我偷吃那些甜甜的白粉，燕麥是一口也不吃呢。」

要是旅館經營狀況惡化，我敢說肯定是被那對母女吃垮的。

幾天後，羅倫斯將烤得硬梆梆的燕麥麵包送到我手上。或許是為了替吃光糖甕賠罪，赫蘿和繆里難得親自去烤麵包，令人印象深刻。羅倫斯拿她們沒轍，笑說那就是她們的精明之處。

燕麥麵包我都放在布袋最底下。只要不弄濕，放到明年這時候都能吃吧。

行李準備完畢後，我便離開了溫泉旅館狼與辛香料亭。

儘管到最後仍不知他們生意興隆到甚至有人謠傳他們使用法術的原因，但沒有找到任何使用法術的明確證據。

要在報告上說他們可疑是輕而易舉，不過那樣的報告也只會被審閱者補上一句需要觀察，就收進教廷書庫某個角落。

現在不比與異端戰況緊繃的當年，報告該怎麼寫，到頭來取決於工作結果是否對得起自己。而且懷疑那所旅館的盛況是使用法術而來，讓我覺得有點遺憾。或許即使沒有值得特書的地方，生意好的店就是生意好吧。

此外，我覺得他們的正直已經反映在這個燕麥麵包上，無邪之處，也體現在赫蘿與繆里那對美麗母女身上。

或許不是完全清白，但不至於視為危險。

我決定報告就這麼寫。

然後在滿是黴味的帳篷下拿出羅倫斯給我的燕麥麵包，架在燒得很不情願的小火堆上。同伴們的食物早就全發了黴，見到食物便重拾幾天不見的生氣。

小麥麵包就撐不到現在了。

儘管每個人都嫌燕麥麵包難吃，還是能烤出誘人的香氣。就連歌頌清貧，只以豆子和飲水過活也從不喊苦的同伴們，肚子也叫了起來。

「飢餓是最棒的調味料這句話，真是說得太好啦。」

某人這麼說。

這話引起波浪般的陣陣笑聲，但笑容沒多久就僵成奇形怪狀。

「可是，這味道也太香了吧。」

高興歸高興，聽起來卻顯得很疑惑。

「嗯，燕麥麵包有這麼香嗎……」

瀰漫在帳篷底下的味道，香得令人頭暈腦脹。

「會是因為美麗母女檔為賠罪而一起揉麵送進烤爐，才會這麼香嗎？」

雖然是玩笑話，但說完時，那氣味真的香到我只能這麼想。

「該不會是神蹟吧？」

「成了聖餅嗎？」

帳篷下立刻鼓譟起來。

難不成、該不會、怎麼可能等想法一個個冒出來，同時愈來愈濃烈的美妙香氣也讓我拿得直發抖。若能在這種山野遭遇神蹟，實在是無比幸福的事。

「這非得向樞機主教報告，重啟調查不可。薩加德先生，你查的是狼與辛香料亭吧？」

在興奮的同伴面前，我發現烘烤的燕麥麵包底下有圖案浮現。

「安、安靜！聖餅要顯現聖痕了！」

我們又是一陣喧嘩，有人手握教會徽記，有人從布袋取出聖經，有人雙手交握祈禱，視線全澆注在燕麥麵包上。

當緊張沉澱下來，我慢慢翻轉麵包。

那是所謂無發酵餅，不會膨脹的扁平麵包。

揭露麵包背面後，所有人都抽了一口氣。

「……這、這是……」

盤子大小的麵包背面的確有圖案。

我不會看錯。

那是長嚎的狼，以及一小段文字。

「……敬請……再度光臨……狼與辛香料亭？」

「啊！我想起這個味道了！」

一個人大叫著從我手中搶走燕麥麵包，捏一小塊烘出圖案的部分送進嘴裡。

「好甜！果然是砂糖烤焦的味道沒錯！」

所有人都往他看，然後爭相捏一口嘗味道。

我也吃了一點，真的很甜。我們已經幾天沒好好吃點東西，這滋味讓太陽穴下方猛然一縮，痛得很暢快。

「真是的，別嚇人了。那是砂糖溶水以後抹上去的吧。」

某人的這句話引起一片笑聲。

「說不定其他麵包也有同樣的東西喔？」

有道理，我跟著拿其他麵包起來烤，果真見到上頭都寫了字。有紐希拉第一旅館、大哥哥愛生氣，還有應該是寇爾頭像的圖，一看就知道是繆里的手筆。

「應該不至於拿砂糖去和燕麥粉一起揉吧。不過跟這個焦香一起吃，還真是好吃啊。」

「一般都是走投無路才會拿燕麥麵包出來呢。」

「用這種方式替旅館宣傳還真有意思。」

聊著聊著，原本還病懨懨的人都搶起燕麥麵包來吃了。

我拿著一片麵包，感到疑惑都解開了。

麵包上畫了兩名男性和三名女性的頭像，圖底下寫著「狼與辛香料亭」。應該就是羅倫斯和寇爾，赫蘿和繆里，另一個女性想必是掌廚的人。

但願這所旅館能夠永遠繁榮下去。

無論基於何種理由，凡是在歸途上拿出這麵包要吃的人見到這圖案，都會這麼想吧。

「下次再有機會，我也要調查狼與辛香料亭。」

「我也想。」

「不不不，讓我來吧。」

帳篷下，起了小小的爭搶。

外頭煩人的雨依然下個不停，可是誰也不在乎了。

吵鬧的帳篷下，我將一片麵包悄悄收回布袋，說：

「應該讓曾經調查過的我來調查才對吧？」

事態更加混亂，議論個沒完。

吵著吵著雨也停了，陽光照進帳篷。

即使在收拾帳篷和行李的途中，我們也議論不休。

每個人都精神飽滿，肚子也飽滿。

「這也算是一種奇蹟吧。」

某人這麼說。

狼與辛香料亭。

我決定在報告上寫得不起眼一點。

否則要是吸引太多人，自己想去時無房可住就慘了。

狼與麥芽糖色的日常

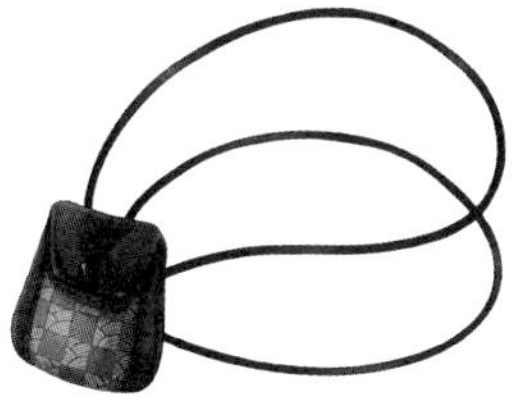

小村子裡，每個居民都互相認識，甚至鄰家昨天晚餐吃什麼，狗在暖爐前睡得好不好都瞞不住。這點到了溫泉鄉紐希拉也沒有改變。

但人們還是容易忘記這種事。這多半是因為，人通常都不太會刻意去聽關於自己的閒言閒語吧。

「赫蘿。」

晚餐後，溫泉旅館「狼與辛香料亭」的老闆羅倫斯在臥房削蠟燭芯時喚起妻子的名。

一頭亞麻色的長髮、細瘦的肩和纖細無瑕的玉指，經常讓人誤以為她是出身貴族。再加上十四、五歲的外表，首次光顧的住客中，還有人以為他們是新婚而道賀呢。

不過那副楚楚可憐的樣貌只是假象，赫蘿的真面目是年屆數百歲，身形比人大上數倍的巨狼化身。

所以赫蘿被羅倫斯這麼一喚，既沒有興高采烈地轉頭，也沒有羞澀地微笑，只是靈巧地搖搖頭頂上的耳朵，應付應付。

那對與頭髮同色，三角形的尖尖獸耳。

「我有事跟妳說。」

聽見羅倫斯夾雜嘆息的語氣，赫蘿才終於抬起頭來。

吃完飯到現在，她都巴在臥房桌邊寫東西。

「啥事？」

赫蘿瞇眼皺眉，一副不想受打擾的樣子。羅倫斯再度嘆氣，手往赫蘿臉頰伸。

「臉上沾到墨汁了。」

「唔。」

羅倫斯的手指，抹得赫蘿閉起瞇細的眼，獸耳頻頻抽動。

毛茸茸的尾巴輕輕搖晃，表示她心情並不差。

眼神微慍，單純只是因為累了。

「真是的……」

羅倫斯用雙手拇指揉揉赫蘿的眼角，然後以指腹輕按閉起的眼皮，赫蘿也逗他似的骨碌碌地轉動眼皮底下的眼珠子。

「要用熱毛巾敷一下嗎？」

旅館裡有很多高階聖職人員這類從事文書職的人物。

問他們如何保養眼睛，結果就是將布用熱水浸濕，蓋在眼睛上。

「嗯～……」

可是赫蘿沒有明確回答，只是抓住羅倫斯的手往脖子貼，是要他按摩吧。羅倫斯奈何不了她，只能乖乖動手，而赫蘿更慵懶地把全身體重壓在羅倫斯手上，舒坦地搖起尾巴。雖然那明顯是撒嬌，見到她這麼喜歡，羅倫斯也服侍得很開心，愈做愈起勁。

好一會兒後才赫然想起原來目的，告訴自己今天一定要念她兩句。

赫蘿前不久開始熱衷於寫文章，桌上的紙被她寫得滿滿滿。事情就是關於這個。

「今天村裡開會的時候，我聽到一個傳聞。」

「嗯？」

赫蘿將羅倫斯揉她後頸的手使勁地挪到肩膀上。

是「換揉這邊，有話揉了再說」的意思吧。

儘管把羅倫斯當僕人一樣使喚，她還是很喜歡這樣的肌膚之親，耳朵和尾巴不禁舒服地擺動。就這方面而言，赫蘿突然熱衷於寫日記倒也不全是壞事。

羽毛筆、墨水、便條紙、正式謄寫用的羊皮紙、用來放大文字的玻璃片、寫到深夜所額外消耗的蠟燭等林林總總加起來雖是一筆開銷，但感覺值回票價。因為赫蘿寫的是非常重要的東西。

赫蘿是狼的化身，已經活了好幾百年。而羅倫斯只是凡人，壽命一眨眼就要走到盡頭，留下赫蘿另啟旅程。終將孤獨留下的赫蘿為了能反覆重溫現在的幸福時光，開始記錄每天發生的事。

這樣很好。畢竟是羅倫斯自己的主意。

不過赫蘿做什麼都很極端。

「妳經常拿著紙筆在旅館裡到處晃嘛，所以有人開始亂傳了。」

「喔？」

赫蘿將腦袋往左傾，要他右邊多出點力。

羅倫斯更用力地捏，讓狼的喉嚨發出貓咪似的呼嚕聲。

「有人說狼與辛香料亭的老闆娘開始想當詩人了，也有人在猜妳是不是和神對話過了呢。」

「喔……嗯嗯，嗯～嗯……啊～那邊，就是那邊。」

發現赫蘿根本沒認真聽，羅倫斯稍微用手指表達不滿，但赫蘿只是倍感舒服地膨大了尾巴。

再默默揉肩膀一會兒後，赫蘿慢慢地說：

「然後呢？出事了嗎？」

見赫蘿總算有意聽，羅倫斯放開手，卻被她按了回來。

羅倫斯只好死了休息的心，繼續揉肩膀，並說：

「別人都在亂猜妳在做什麼呢。」

赫蘿一聲也沒吭，但耳朵是向後轉，應該真的有在聽。

「總而言之，就是有人說妳搞不好會離開這間旅館，跑到修道院去。」

這句話讓赫蘿的耳朵猛然豎起。

然後她慢慢轉頭往羅倫斯看。

「什麼玩意兒啊？」

看她一臉的疑惑，是真的覺得莫名其妙吧。

羅倫斯猶豫了一下，然而敷衍過去也不是辦法，便開始解釋。

「就是因為妳看起來很年輕呀，所以想法比較低級的人就想，大概是我不能滿足妳了。」

赫蘿還是一臉不解。

「通常嫁給年長丈夫的年輕妻子突然決定進修道院，大多是因為欲求不滿偷男人，或是想離婚。」

赫蘿注視羅倫斯的眼神黯淡下來。微張的唇似乎有話想說，但終究未能吐出隻字片語，只是僵在那裡。

在外人眼中，羅倫斯看著赫蘿的模樣，或許像是丈夫懷疑妻子不忠，深深傷了妻子的心吧。

但先嘆息的是羅倫斯。接著將鼻子埋入赫蘿的髮叢，把吐出的份吸了回來。

「我自認是沒有老到那種地步喔。」

繞著脖子的手，摟住赫蘿的身體。

她身體咳嗽似的顫動，不過那是在笑。

「呵呵。汝這隻軟腳蝦也會說這麼有男子氣概的話呀。」

赫蘿摸摸羅倫斯的手，捏起一小塊皮。

「他們愛說，就讓他們說去唄。汝很不甘心嗎？」

赫蘿難得以關愛語氣這麼說。

羅倫斯頓了一拍，說道：

「我們是作生意的，要是知道老闆讓年輕妻子跑了，誰會想來住啊？光是這樣的傳聞，就可能讓客人的印象變差了。」

赫蘿愣了愣，疲憊地笑。

「好像真是這樣。」

「而且，妳自己也不能掉以輕心喔。」

「喔咦？」

「大旅館也是可觀的財產，總會有人想分一杯羹，也有人特別愛管這方面的閒事。還不用等妳去修道院，就會有某個窮鄉僻壤的貴族家，想把他們拘謹端莊的么女推銷給我了。」

赫蘿連後山老鼠打個噴嚏都聽得見，對這方面的話題自然很敏感，嫉妒吃醋的勁道也不是貴族千金比得上。

要是有個年輕女孩姍姍而來，打老闆娘寶座的主意，羅倫斯就得為自己的生命安全和怎麼安撫赫蘿傷透腦筋了。光是想像，就讓人渾身無力。

因此，恐會在村裡傳開的流言是天大的麻煩。

「嗯……」

說什麼都得趕走想搶獵物的人不可。

赫蘿以這種表情思索片刻，不耐煩地往羅倫斯看。

「那咱要怎麼做？當別人的面咬汝嗎？」

赫蘿輕輕撫摸羅倫斯的手，往他拋媚眼。

明明自稱賢狼，卻很喜歡這樣故意捉弄羅倫斯。要是露出受不了的表情，反而逗得她更高興，所以要冷靜處理。

「正常就好。」

「唔。」

赫蘿嫌沒趣而嘟起嘴巴，羅倫斯無奈嘆息。

「還有，不要老是拿著紙筆到處跑，太顯眼了。」

「唔唔……」

第二次的低吟，和先前不太一樣。

「如果只是寫當天發生的事，睡前花一點時間就行了吧？」

可是赫蘿卻從早晨起床到夜裡上床都牢牢抓著紙筆，一刻也不放手。

「大笨驢，那樣說不定會漏掉很重要的事耶。」

「又不是每天都有那麼重要的事……對了，今天的給我看一下。」

「唔，走、走開，快住手。喂，大笨驢！」

赫蘿孩子似的動手藏，而羅倫斯難得架住她，搶走桌上的紙。

想搶回來，但在羅倫斯遠離椅子以後就不追下去了。

「妳寫了什麼不敢讓我看的東西嗎？」

「才沒有！」

「那就不用怕啦……話說，妳寫得還真密……這些要抄到羊皮紙上啊？」

赫蘿每天拿著到處晃的，是用破布做成的便宜紙張。上面都是備忘和草稿，晚點會謄寫到羊皮紙上。羊皮做的紙堅固耐用，甚至遭遇火災都有可能留存，可供赫蘿讀上好幾百年。

「呃……妳的字還是一樣醜……」

「汝少貧嘴！」

赫蘿捏一撮吸墨用的沙往羅倫斯丟。

她手很巧，字跡卻練不起來。這是因為視力比人類差，看不清細節的緣故。

「我看看啊。天亮起床，吃兩顆水煮蛋，在兩塊軟綿綿的小麥麵包上放乳酪，拿到暖爐上烘，再配昨晚吃剩的兩片香腸、雞胸肉，吃完以後喝杯啤酒。」

這早餐還真豐盛，她是吃得很高興才寫下來的吧。話雖如此，這真的值得留存百世嗎？羅倫斯往赫蘿看，她跟著鬧彆扭地轉向一邊。

「早餐以後，在浴池吵鬧的客人要咱送酒過去。看他們那麼醉，就拿快要不能喝的葡萄酒摻蜂蜜給他們喝，結果他們以為是高檔貨，喝得好不開心，賞給咱七枚上頭有戴著荊棘冠的雄性側臉銅幣……七枚？」

羅倫斯錯愕往赫蘿瞧，看得她得意洋洋。

「荊棘冠……是丘金銅幣吧，那樣頂多才四枚耶……」

「因為是咱親手送的呀，要付運費吶。咱可沒說是高檔貨喔。」

「……」

的確是客人自己誤會，而商人本來就會為增進葡萄酒風味而絞盡腦汁。例如用蜂蜜增甜，以生薑的辛辣混充酒精味，或是用蛋白和石灰去除雜質，達到高級酒的清澄度。

客人本來就會主動提防魚目混珠的酒，而既然他們喜歡，收下又何妨。但話雖如此，感覺還是難以釋懷。

「中午以前，有一批舞孃和樂師過來。咱聽著熱鬧的歌舞和歡呼，趁太陽高掛時清理暖爐的灰。」

「咱有在認真工作喔？」

赫蘿笑咪咪地搖著尾巴說。

她總是藉口說尾巴會沾到灰，把這工作推給別人，的確是很難得。不過還有下文。

「把洋蔥用黏土包住，放在灰裡燜會熟得剛剛好。剝下黏土後，灑上切碎的綠色香草，再淋點南方來的油、沾點鹽巴就可以吃了。沒啤酒配還真可惜……」

「啊！」

赫蘿露出穿幫的臉。那種洋蔥吃法是客人教她的吧。

還以為她良心發現，結果只是想弄點心吃而已。

赫蘿似乎受不了羅倫斯的視線，離開椅子站了起來。

「汝啊，看夠了唄！」

「妳不會整天都在做這種事吧？」

赫蘿想搶回紙，可是身高輸人。

羅倫斯將紙高舉過頭，繼續念：

「下午清理暖爐邊的煙灰。喔，清煙灰呀。」

無論壁爐做得再怎麼仔細，既然是利用暖爐燒出的熱空氣在室內循環，煙灰就一定找得到縫隙鑽出來。赫蘿也很討厭被煙灰弄髒臉或手。

「順便去看看擺在煙囪邊的瓶子怎麼樣了……瓶子？」

羅倫斯視線降至胸口，只見赫蘿氣呼呼地挺高了背，使盡力氣想搶回紙。

「什麼瓶子？」

「……不知道。」

赫蘿死心不搶了，退後抱胸轉向一邊。

看著她尾巴不滿地搖，羅倫斯繼續讀出內容。

「那個叫賽勒斯的告訴咱這麼好的事，改天要告訴他森林裡哪裡能採到好醋栗才行。」

賽勒斯這名字，讓羅倫斯明白了。

那是與羅倫斯很親近的旅館老闆，也是紐希拉響叮噹的釀酒行家。

放在煙囪邊的瓶子，裡面裝的應該是酒。

問題就是什麼酒了。釀啤酒需要用火和特殊工具，葡萄酒得先有葡萄，所以多半是果實酒類。可是這一帶要等到夏天才採得到新鮮果實，少說還要等幾星期。蜂蜜酒呢，由於蜂蜜是掌廚的漢娜在管，沒那麼容易偷。

當然，羅倫斯追究這件事不單純是因為吝嗇。如果她學會偷偷釀酒，晚酌時再怎麼要她節制也沒意義了。

儘管赫蘿總是堅稱她沒問題，但酒喝多了難免傷身。

「到底是什麼酒啊？」

聽羅倫斯這麼問，赫蘿噘起了唇。

和繆里惡作劇露餡而被寇爾罵時一模一樣。

一眼就看得出來那個搗蛋鬼到底像誰。

「不說也沒關係。以後我就叫漢娜每天別給妳那麼多酒。」

「啥！」

赫蘿用眼神抗議羅倫斯的殘忍。

羅倫斯搖搖紙，讓赫蘿垂下腦袋。

「麵包酒啦……」

「麵包？喔，卡瓦斯酒啊。」

那是用黑麥麵包泡水，加點酒精和少量蜂蜜即可製成的淡酒。

具有獨特的酸苦，是相當好惡分明的口味。

「真會動腦筋……用黑麥麵包的話，漢娜也不會囉唆了。」

不同種類的麥穀，做出來的麵包完全不同。最低等是燕麥，成品幾乎算不上麵包，有時甚至只會餵馬。最高級當然是小麥，能做出軟綿綿香噴噴的麵包。

黑麥做的黑麵包位在這中間，但純黑麥麵包又苦又硬，通常是摻一點在小麥麵粉裡。總是富人光顧的溫泉旅館會出現黑麥麵包，是因為平日奢侈的富人偶爾想節制幾餐來減輕自己的罪孽。

「真是的……人稱賢狼的人還要躲起來偷偷釀酒喝。」

赫蘿被說中痛處般縮縮脖子，但隨即嘗試反撲。

「大笨驢！咱是用咱的方式想辦法替汝省錢耶！」

「拿漢娜沒在盯的洋蔥塞進暖爐烤來吃也是？而且這個南方來的油是橄欖油吧，東西千里迢迢來到這裡，可是很貴的喔？」

配香草吃也很教人嘔氣。那一定很好吃。

結果赫蘿不僅沒反省的樣子，還癟起嘴發脾氣。

或許因為她是寄宿於麥子中掌管豐收的狼之化身，對食物實在有夠執著。

「唉……還以為繆里那傢伙不在以後，旅館可以多少清靜一點呢……」

他們的獨生女繆里就像隻牙齒癢得不得了的小狗狗，一有機會就絕不放過，把力氣都花在搗蛋上。

在女兒面前，就連赫蘿也似乎覺得必須維持母親威嚴，舉手投足沉著穩重，不負賢狼之名。

可是這個獨生女，如今卻跟著在旅館工作的青年寇爾下山遠遊去了。

此後赫蘿的面具一天天剝落，又變回當初在載貨馬車上陪羅倫斯旅行的赫蘿。

有美食就吵著要，有時間就保養尾巴，夜裡一滴酒也不願少喝。天亮不想起床就賴在床上，晚上想睡就直接在暖爐前闔眼，伸手要羅倫斯抱回臥房。

當然羅倫斯並不是百依百順，且寇爾和繆里離開後人手實在不足，赫蘿也會適時幫忙。大爭小吵都沒有，過著平凡的每一天。

平凡的每一天讓赫蘿覺得很幸福，但也害怕未來會遺忘這段時光。後來，是用紙筆解決了這個問題。

這樣就功德圓滿，風調雨順，闔第平安，生意興隆……的想法實在太天真，現在她變成這副德性。

羅倫斯也不是不敢相信，只是覺得奇怪，想知道她是不是仍有不滿。

赫蘿雖然老愛耍任性，但總是挑羅倫斯若不允許就顯得他心胸狹窄的絕妙之處下手。

不過寫在這裡的，明顯是露出超過一條尾巴的惡行。

那麼整疊紙裡頭，肯定還有其他犯罪記錄。

她怎麼會這麼做呢。

以赫蘿的聰明才智，應該不會留下這麼傻的證據。

打從赫蘿動筆寫日記開始，大概是因為怕羞，不太想給羅倫斯看，而羅倫斯也尊重她的感受，不曾看過。所以她會是把沒有敗露的事驕傲地寫下來，當成一種勳章暗自竊喜嗎？

羅倫斯從不認為赫蘿是那種小人，現在心情不是氣惱，而是哀傷。

真想跟她一起吃烤洋蔥。既期待又怕受傷害地一面剝黏土，一面看它究竟有沒有烤好，一定很有趣。如果跟瑟莉姆或漢娜一起喝卡瓦斯酒，一定也會更好喝。兩個人一起動腦想怎麼讓它更香更便宜，也一定很快樂。

這種事，赫蘿也不是不知道才對啊。

想到這裡，羅倫斯赫然發現，赫蘿說不定是又懷起某些他所看不出來的苦惱。

赫蘿會不會暗地裡笑嘻嘻地獨占美食，羅倫斯也不敢說，可是偷偷釀酒自己喝就得另當別論了。難道是她有難以啟齒的困擾，想獨自借酒澆愁？她寫的這些日記會不會是一種暗示，要讓見者想起某些無法直接說出口的特別感情？

這麼想之後，羅倫斯也逐漸能理解赫蘿的行動。試想赫蘿抱著卡瓦斯那種又苦又酸的酒獨飲的模樣，那怎麼說都不是開心時喝的酒。應該早點察覺的。

現在赫蘿要的不是斥責，而是陪伴吧？

儘管她在洋蔥裹上泥巴丟進暖爐裡烤得軟嫩，灑上切碎的香草和橄欖油，最後撒鹽吃掉……吃掉？

不對，還是怪怪的。羅倫斯換個方向想。

有煩惱想掩飾而躲起來吃東西這點，是還可以理解，喝悶酒就是好的例子。但是，解悶的人會不辭勞苦地準備香草和橄欖油，甚至撒了鹽，做好萬全準備才吃嗎？不管怎麼想，赫蘿當時都是得意的表情。

羅倫斯凝目端詳赫蘿。眼前的一切都兜不攏。

不久瞇起了眼，嘴角隨壞預感而扭曲。

最後出來的，是一大口的嘆息。

「赫蘿啊。」

她一副不想再管羅倫斯怎麼說的表情，稍微側眼瞄來。

羅倫斯搔搔瀏海說：

「妳上面寫的這些東西，都是瞎扯淡吧？」

原本略顯無力的狼耳狼尾，都忽然豎直起來。

「我看到這個以後怒上心頭，嚷嚷著要沒收卡瓦斯酒而沿著煙囪到處找，但找不到酒，於是逼問妳那是怎麼回事。結果妳抖得像隻淋濕的小貓，直說不知道，而我就會繼續逼問吧。然後呢？」

閉著眼聽我說話的赫蘿伸懶腰似的大口吸氣，吐氣。

剩下的，是苦笑。

「然後就是咱在這裡偷笑呀。」

「……」

羅倫斯擺出一張大苦瓜臉，讓赫蘿笑得肩膀愈抖愈用力，嬉鬧地抱了上去。

「不要生氣嘛，不是咱故意設圈套來捉弄汝喔。」

雖然赫蘿放低姿態，請求原諒地笑，但羅倫斯卻是冷冷地回答：

「這可難說。」

「啥！……汝這頭大笨驢！」

赫蘿往羅倫斯腳尖用力一踩。

不過她似乎仍保持理性，知道自己做了值得人懷疑的事而反省，不情願地解釋：

「哼。每天發生的事寫多了以後，咱發現寫起來還挺有意思的，可是平常也沒那麼多事能寫，就開始想像一些好玩的事了。」

羅倫斯望向紙疊，皺起鼻梁。

「全部都是？」

「這個嘛……一半唄。」

從耳朵和尾巴即可看出她只是外表從容，心裡其實有點害羞。

陶醉於創作虛構情節，簡直像個深居貴族府邸的少女用來排遣煩悶的遊戲。赫蘿不想讓人看的心情，羅倫斯多少也能體會。

況且，羅倫斯自己也有疏忽。

「話說回來，這麼豐盛的早餐明明很少有，我早該發現了才對。」

「想吃又吃不到，只好寫寫這種東西來安慰自己，咱還真可憐喔……」

赫蘿還做出拭淚的動作，可是早餐上沒有昨晚剩菜，全是赫蘿晚餐都會吃光光的緣故。

「那麼，快變成醋的葡萄酒高價賣出的事呢？」

「那是真的。只不過他們早就喝茫，沒喝到幾口就全灑了。真是枉費了咱的苦心喔。」

這麼說來，只是數錯錢而已吧。

「卡瓦斯呢？妳真的沒釀嗎？」

羅倫斯一問，赫蘿的眼睛就飄到另一邊去。

「我說妳啊……」

「咱、咱才沒釀！只有聽說怎麼釀而已！」

羅倫斯盯著赫蘿瞧，被她擠眉弄眼地反瞪回來。

畢竟是自稱賢狼，赫蘿也有她的自尊。

看來那不是謊話。

「……咱不知道是不是客人臨時想節食還是怎樣啦，之前不是有烤過黑麵包嗎？黑麵包每次都吃不完，汝也設身處地替咱這個負責吃光剩菜的人想想嘛。」

「喔，這樣就比較好處理一點了嗎……」

「嗯。話說……其實咱已經釀過一次，結果失敗了，所以說沒釀也不算是謊話。」

「……」

羅倫斯投出不敢恭維的視線，而赫蘿像繆里一樣笑著歪頭打馬虎眼。

「一早就有豐盛早餐吃，清理不喜歡的東西順便吃個美味點心，還有酒可以喝，不是很美好的一天嗎？咱每天都想這樣過吶，可以嗎，老闆？」

說著赫蘿又整個人抱上來，撒嬌似的把臉往他胸口蹭。見到她尾巴是開心的搖法，讓羅倫斯雙肩一垮。

「能娶到一個要求不高又勤儉持家的太太，我還真是好福氣喔。」

「呵呵，是唄是唄。」

她到底有沒有聽懂我在損她？羅倫斯在心中嘀咕，然而赫蘿這麼聰明，不會聽不出來。

赫蘿絲毫不受影響的態度，令人只能無奈苦笑。

羅倫斯的手重新繞回赫蘿背後，問：

「那就先從洋蔥開始吧？」

「嗯？」

「妳寫的東西不是在這旅館的生活記錄，要留到很～久以後讀的嗎？」

赫蘿睜大眼睛，耳朵和尾巴的毛都膨了起來。

「還是說，妳吃洋蔥會軟腳呀？」

羅倫斯賊笑著這麼說，讓赫蘿的嘴嘛成三角形，踩住他兩隻腳。

「咱又不是狗！」

羅倫斯擺出裝傻的表情，聳聳肩敷衍。

「卡瓦斯酒的部分嘛，好歹可以幫忙處理掉難吃的黑麵包，清理爐灰和煙灰也是很累人的工作，我懂妳想犒賞自己的心情啦。」

剛被耍過的赫蘿眼神保持懷疑，直到羅倫斯這麼說才露出「是唄？」般的笑容。

「沒什麼比能把討厭的事變成開心的事更賺的了。這就是開心過每一天的竅門所在吧。」

「嗯。」

羅倫斯和尾巴猛搖的赫蘿相視而笑，並說：

「那麼，我們就把洋蔥和卡瓦斯酒當作明天的樂趣，現在該睡了吧。」

時間很晚了。就連夜晚較長的紐希拉，大多數人也已經靜靜躺在床上。

羅倫斯以繞在赫蘿背後的手抱起她瘦小的身軀，走向床去。

腳很快就停下來，是因為赫蘿在抵抗。

「赫蘿？」

「大笨驢。」

赫蘿溜出羅倫斯的懷抱。

在羅倫斯疑惑的目光下，她匆匆捲起每次離開臥房時總會配戴的三角巾和纏腰布，遮掩耳朵尾巴。

「汝不是為了錢，連命都可以不要的商人嗎？」

壞預感冒出頭時，人已經被準備萬全的赫蘿拉走了。

「時間就是金錢。而且咱理想的一天，就是有那麼多事情得做吶。」

赫蘿緊抱羅倫斯的手臂拉拉扯扯，用下巴指指書桌。

那裡是赫蘿早也寫晚也寫，巴著不放的紙疊。

羅倫斯的視線旋即從紙疊回到赫蘿身上，見到赫蘿笑得極其刻意。

「……妳該不會要我全部實現吧？」

赫蘿的笑容逐漸變成奸笑，唇下露出狼牙，偏紅的琥珀色眼眸閃現詭異的光芒。

「咱可是寄宿麥子使其豐收，曾受人奉為神祇的賢狼赫蘿吶。汝想想，人世不是也有種叫做預言的東西嗎？」

若說女兒繆里是見到獵物就會當場撲上去的狼，赫蘿就是會趁夜從後偷襲的狼了。

「還是說，汝要咱在遙遠的未來一把鼻涕一把眼淚地看著那些東西說，咱還有那麼多事沒跟汝一起做過吶？」

「唔。」

赫蘿最拿手的耍任性來了。

拒絕了反而令人覺得心胸狹窄的老招式。

說著「怎麼樣呀？」似的紅眼睛充滿了自信。

羅倫斯試圖抵抗那樣的眼神，可是抱著他手臂的手愈來愈用力，最後還是投降了。

畢竟赫蘿的笑臉也是他的快樂泉源。

「不過。」

會加條件，也算是有所長進了吧。羅倫斯對自己這麼說。

「妳也要努力化解村裡的流言喔。」

赫蘿都沒老，這麼多年始終保持少女的模樣——未來會出現類似的流言吧。

羅倫斯還沒有老成到能說「真相我們自己知道就好」。

再說，這也關係到男人的顏面。

「呵呵。」

赫蘿笑得像麵粉堆垮了一樣。

「好好好，汝也是男生嘛。」

她牽起羅倫斯的手，聞聞手臂的味道，在小指根部輕吻一下。

「咱會好好表演，讓咱看起來像對汝死心塌地的啦。」

羅倫斯抽回被赫蘿抓住的手，連她也一起拉過來。

「不只是看起來像，還要人家覺得是那樣吧。」

不太高興的表情，讓赫蘿眨了眨眼。

然後覺得他膽子不小般吊起一邊唇角高傲地笑。

「不，看起來像才對。因為是汝對咱死心塌地，不是咱。」

「喔？那我稍微忙一點就馬上嫌悶，要我陪的人到底是誰喔？」

「啥！」

兩人一來一往地拌著嘴，一起離開寢室。

雖然他們橫眉豎目，譏諷得嘴唇扭曲，每一句話都在對方傷口上撒鹽，但他們卻仍輕輕背手關門，牽著手走過走廊。

「所以汝才會到現在都是大笨驢。」

「這麼不了解自己，賢狼的稱號可要掉淚嘍。」

不帶蠟燭走在黑暗的旅館中，讓羅倫斯想起剛邂逅赫蘿那一陣子。

兩人在狹小的載貨馬車上度過了不知多少夜晚，當時吵起來是真的會發火，還有過情緒爆炸般的大吵，現在想起來還真不懂怎麼會那樣。

無論是好是壞，兩人已不會再有當時那樣的情緒了。

歲月的流轉實在是不可思議。經驗隨時間層層累積，就像睡覺時被子愈蓋愈多，如今已經能夠抵禦任何風寒，即使熟睡時有人往被窩刺一刀，刀也穿不過所有被子，讓羅倫斯肯定自己不會與赫蘿生離。

同時，那也帶來失落的感覺。當時赤裸裸的情感，彷彿已是朦朧存在於千里之外。覺得有點懷念，也為失去這種情感而感傷。

但是，買了東西卻又怨嘆錢包變輕，根本是愚蠢之舉。

只要買來的東西夠好，少了幾塊錢又算得了什麼。

「一個不夠吃唄。喏，這汝拿著，咱去拿油甕。」

兩人摸進倉庫，赫蘿接二連三地遞出洋蔥，羅倫斯邊接邊笑著說：

「的確是不夠吃呢。」

若只有普通水準的決心，根本無法在有限的時間裡和好不容易得到的赫蘿玩個盡興。

「再把啤酒甕也拿來吧。」

在黑暗中也能看見赫蘿的眼睛亮了起來。

「這都是汝的錯。漢娜問了咱就這麼說。」

羅倫斯雖是旅館老闆，廚房卻是漢娜的地盤。偷吃就免不了捱罵，就算是羅倫斯也一樣。

「說那種謊有什麼用，讓她看到妳宿醉得搖搖晃晃的樣子，是誰的錯不就一目了然了？」

赫蘿嘟起了嘴，隨後噗呼洩氣，咯咯咯地笑。

「那咱們就來拚酒唄。」

「酒不是用來比賽的。」

「喔？想逃呀？」

「為淑女背負不名譽的事，是一種紳士風度。」

赫蘿咬著唇，帶著美不可言的愉快笑容和羅倫斯不停拌嘴。

孩子般的對話，給人年輕十幾二十歲的感覺。

羅倫斯像竊賊對同夥說話般耳語。

「好了，東西到手就快閃，被抓到就慘了。」

「汝去倉庫拿黏土過來。好像黏土裹得愈厚，洋蔥烤出來愈甜吶。拿多一點喲。」

「喔，說得好像妳……」

說到一半，羅倫斯抿起了嘴。

赫蘿愣了一下，笑笑打馬虎眼。

「知道了啦。待會兒暖爐前集合喔。」

「嗯。」

接著羅倫斯彎腰，吻一下挺腰的赫蘿，開始各自任務。

羅倫斯往後頭倉庫走的路上，心想自己和赫蘿就像洋蔥一樣。經驗累積得愈多層，內涵就愈甜美，甚至覺得太甜了點，不過那也不失為一種趣味。

準備好需要的物品後，羅倫斯匆匆趕往客廳暖爐。夜靜時分，客廳沒有客人逗留，只有埋在灰裡的紅炭發出細小聲響。赫蘿剛好來到，兩人對看著嗤嗤竊笑。用盡所有詞彙，也不可能完整記述他們的感情。

「赫蘿。」

「嗯？」

羅倫斯沒有多說話，只是微笑。赫蘿看出他的意思，野丫頭似的露齒而笑。

生活不會反復，樂趣沒有極限。

這便是兩人如此堅信，草木皆已睡去的靜夜一景。

狼與藍色的夢

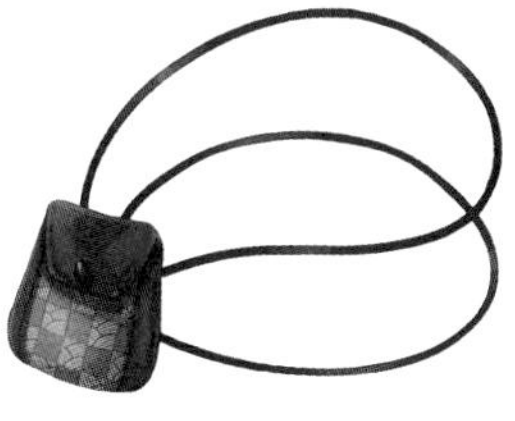

天藍漸濃，森林也開始湧出綠草的芬芳。夏天的腳步，也來到了每年有一半時間埋在雪裡的深山溫泉鄉紐希拉。

溫泉旅館「狼與辛香料亭」的老闆羅倫斯，吸入滿腔夏天的空氣，同時以另一種方式感受夏天的來臨。

「……真是的。」

事情發生在他要寫帳本，到臥房拿墨水的時候。門一開，就讓他不禁嘆息。

今天旅館裡都不見妻子赫蘿的身影。還在想她上哪去了，結果是在臥房床上睡大頭覺。床邊書桌上有杯沒喝完的啤酒，多半是喝到一半躺下來看天空，看著看著就睡著了。

在這時節，有吹入木窗的涼風撫過雙頰，還有搔耳的鳥鳴聲。望著湛藍天空中的浮雲發呆，就是無上的享受。

沉浸在享受當中的赫蘿，傻貓似的肚子朝天半開著嘴。右手擺在肚皮上，隨嘶～嘶～的鼻息上下起伏。

再繼續看一會兒，右手還搔起肚皮來，惹來羅倫斯的苦笑。

躺在床上的怎麼看都是年方十幾歲的少女，這年紀的女孩這麼沒睡相實在丟人。不過很不巧，赫蘿沒有她外觀那麼年輕，她的真面目是宿於麥子掌管豐收，好幾個人高的巨狼。

因此，她有一頭亞麻色毛髮，與頭髮同色的獸耳，腰際長了毛茸茸的尾巴。她呵護有加的尾毛，此刻也隨著吹入木窗的舒爽夏風輕輕搖曳。

像狼的部分不只是耳朵尾巴，也體現在睡相上。

在寒冷季節，赫蘿會像狼一樣蜷曲身體趴著睡，隨著天氣漸暖，姿勢也慢慢舒張。到了這時候，已經是躺成大字了。彷彿只願歌頌世界的美好，無所畏懼。

真是無比安和，喔不，甚至有點憨呆的畫面。

要是知道羅倫斯會用她的睡相來判斷季節，赫蘿一定會發脾氣。

當然，說出來以後每年的樂趣就會減少，羅倫斯總是瞞得很小心。

今年也愉快地觀賞赫蘿的睡相後，他望向床邊的書桌。紙和羽毛筆都還擱在桌面上，文字邊畫了個醜醜的圖。那畫的是昨天剛摘的醋栗，紙上也真的零落著幾顆。

醋栗不是不能直接食用，只是酸得下巴好像會裂開。赫蘿偶爾會故意吃些酸溜溜的果實，而那些時候，尾巴總會膨成兩倍大。

這季節能採到一大堆醋栗，不是用砂糖醃製，就是用蜂蜜燉煮或釀酒。

羅倫斯將一顆烏黑的果實捏到手心裡翻弄幾下，然後往窗外大口深呼吸，在赫蘿所睡的床邊坐下。

注視赫蘿毫無戒備的睡臉一會兒後，捏起掌中的醋栗貼在她嘴唇上。

獸耳忽一抽動，眼皮也微微顫抖。以為她要醒了，結果沒有進一步跡象。不僅如此，狼特有的警覺性都不曉得上哪去了，嘴唇連閉也不閉。

對食物特別執著的賢狼大人即使睡著，嘴唇被食物貼上也一樣會蠕動，一口就把生醋栗送進嘴裡——

「嗯咕……唔……！」

噗啾咬碎了。

「唔————！」

酸到入骨的滋味讓赫蘿跳了起來。

「唔、嗯咕！……嗯、咕！什、什麼東西！」

她似乎是在醒來時下意識地吞下了肚，驚慌地往喉嚨和胸部摸來摸去。

羅倫斯拿她失措的模樣尋開心之餘，拿喝剩的啤酒給她。赫蘿得救了似的拿了就喝，喝到一半才發現事情不對勁。再看到桌上的醋栗和羅倫斯坐在床邊笑，串連起來並不難。

泛紅的琥珀色眼眸燃起怒火。

「……汝這個……大笨驢！」

若是以前，羅倫斯還會怕她發脾氣，可是兩人如今已結縭十年有餘。他從想咬人的赫蘿手中拿走清空的酒杯，用拇指擦去她嘴邊的白色泡沫。

「醒了嗎？」

赫蘿往笑呵呵的羅倫斯瞪一眼，雙手抓住他手腕，用力在嘴邊擦了又擦，最後還在手背上咬一口，哼一聲轉向旁邊。

「受不了耶！搞什麼！」

愛裝模作樣的赫蘿很不善應付這種偷襲。要是太過火，她是真的會生氣，不過偶爾看看這樣的赫蘿排解工作煩憂，也不至於罪過吧。

羅倫斯摸摸赫蘿的頭，卻被撥開了手。

她賭氣的樣子也很可愛，但有些話得趁她真的生氣前說出來才行。

「工作來啦。該是妳出馬的時候了。」

「……」

赫蘿側著眼擺出一整張不情願的臉，最後嘆一口氣，乖乖下床。

羅倫斯在桌子上攤開一張老舊的大地圖，塵埃飛揚弄得赫蘿直打噴嚏。

「擤擤……這什麼？」

赫蘿擦著鼻子不滿地說，結果這句話讓羅倫斯的表情變得比她更不滿。

「妳不記得啦？」

「嗯？」

她愣了一下，在地圖和羅倫斯之間來回看幾眼，「唔」一聲說：

「喔……哈……哈啾！擤擤……拿這老古董出來幹什麼呀？」

看來她終於記起了。

攤開的地圖上有許多添註，還有一塊酒翻倒的痕跡。

那是羅倫斯和赫蘿準備在紐希拉蓋溫泉旅館時，用來檢討地點而製作的地圖。換言之，那是幫他們在北方地區找到棲身之所的藏寶圖。

「找到寶藏以後，藏寶圖就沒用了，早就忘記嘍。只有繆里那傢伙沒事會拿來看。」

赫蘿用手帕擦擦鼻子以後搖著尾巴這麼說。

「所以吶？拿這出來做什麼，難不成想蓋第二間？」

開溫泉旅館「狼與辛香料亭」分店，擴大商業規模這種事，已經是好多年前的夢了。如今羅倫斯認為在自己這間旅館安分守己，將它培養成一間不輸給任何地方的溫泉旅館比較重要。

「不，要請妳幫忙的是這裡到這裡。」

羅倫斯的手指從紐希拉往西滑動。

經過幾座山巒，停在森林密布的土地，連稱不上村莊的小聚落也沒有。

「拜託妳找一條可以通往這裡的路。」

「找路？」

羅倫斯繼續對不解的赫蘿問：

「妳用狼的樣子去過那邊好幾次了吧？」

「話是沒錯……喔不，就是因為咱去過好幾次，可以確定沒路能走。」

羅倫斯所指的是溫泉鄉紐希拉與某片土地之間的直線。

那裡有一棟建築物，是紐希拉人曾經擔心會成為競爭對手的地方。

「我知道，所以要闢一條路過去。妳知道哪裡好走或難走沒錯吧？而且還有一個重點。」

羅倫斯指著赫蘿的狼耳說：

「森林的居民，應該會有些不希望人類進入的地方嘛？」

這句話讓赫蘿皺起眉頭，嘴巴噘得尖尖的。

泛紅的眼往羅倫斯瞪，是怪他沒事添麻煩吧。

「沒事給咱添麻煩。」

赫蘿說出料想中的話，讓羅倫斯無力地笑了笑，聳聳肩。

「再說，汝這是想開一條路，到瑟莉姆和她的族人那兒的旅館去唄？這樣好嗎？他們不是會搶咱們的生意嗎？」

瑟莉姆是目前在旅館工作的年輕女孩，和赫蘿一樣不是人類，與同為狼之化身的兄長阿朗和族人一起從南方來到北方地區，尋求安身立命之處。經過一番轉折，瑟莉姆來到羅倫斯他們的溫泉旅館工作，而阿朗等人留在紐希拉西方幾座山的地方扮成修士，經營有聖人奇蹟眷顧的旅舍。

紐希拉的旅館老闆們，因阿朗等人要在那裡開設旅館的傳聞而緊張兮兮的模樣，如今仍記憶猶新。

不過阿朗他們沒有搶生意的意思，而且他們所建造的旅舍沒有足以匹敵紐希拉的容客力，更沒有溫泉。

何況親人瑟莉姆在羅倫斯這工作，赫蘿的存在對他們而言也極為崇高。

從上述任何一點來看，都十足讓阿朗提出這樣的請求：

——請問紐希拉的溫泉旅館願不願意收來我們旅舍巡禮的旅人？

羅倫斯接到這項請求後，在旅館老闆的會議上報告了這件事。

旅館老闆們對任何事都很保守，但提到作生意可就不會那麼盲目。

既然不會搶走泉療客，還要讓巡禮客來到紐希拉，的確是不錯的提案。而且若有條路能通往阿朗等人的旅舍，對於來到紐希拉的客人而言也能多一項樂趣。雖然如何替長期居留泉療客排解煩悶本來是旅館老闆們的本領所在，但能玩的花樣實在不多。若有個新的巡禮地能讓客人出門遊山玩水，老闆們就能減輕好幾天的工作。

於是會議上全員一致通過，可是有個問題。

「就是路怎麼開唄。」

「有獸徑就容易多了，不過擅自使用那些路，會給森林的居民添麻煩吧。」

赫蘿抱起胸，喉嚨深處發出低吟，耳朵忙碌地拍動。

森林有森林的規矩，想做出互不侵犯的結果恐怕不容易。

再說要赫蘿恢復狼身，以武力逼牠們就範這種事，她也不喜歡。

「既然距離不是人類一天走得到，中途就需要蓋個留宿用的小屋。如果附近有熊的巢穴或鹿的通道，對雙方都不好吧？如果是妳，應該能做出適當的安排。」

「唔～～……」

赫蘿咿嗚片刻，最後大口吸氣，孩子似的甩出雙腳。

「就讓瑟莉姆去做唄。只要用咱的名義，森林裡的野獸都會接受。」

瑟莉姆也是狼的化身，的確是能勝任這項工作。

但她也是旅館忙碌時不可或缺的人手。

她不僅從早到晚一手包辦旅館各種雜務，入夜後也會在燭光下用玻璃片磨成的眼鏡做文書工作。

倘若羅倫斯可以肆無忌憚地說出真心話，那麼在這個舒爽的季節隨隨便便就被涼風勾上床睡大頭覺的赫蘿，工作量頂多只有瑟莉姆的一半。

當然，說出這種話顯然會讓整個家陷入危機，於是羅倫斯拿出旅行商人的智慧，說道：

「其實這件事，非由妳來做不可。」

「……嗯？」

赫蘿投出相當懷疑的目光，要聽聽他有什麼原因。

羅倫斯拿出更為誠懇的態度，對赫蘿耳語：

「來紐希拉泉療的客人，年紀不是都很大嗎？而他們應該大多都願意走到阿朗他們的旅舍去。」

「……汝這是說因為咱是老年人嗎？」

赫蘿已是高齡數百歲了。

雖然赫蘿唇底下露出尖牙，但羅倫斯當然是不慌不忙地補充。

「不是啦。不能交給瑟莉姆，是因為妳的外貌。」

「……唔，嗯？」

羅倫斯捧起赫蘿的臉頰，用拇指腹擦擦眼角，再摸摸她的頭。

在那裡的，是安靜起來甚至會讓人覺得童稚，有副少女長相的赫蘿。

「由於開闢新路是一件大工程，光是決定路線就可能吵架。要是照村議會那種慢死人的步調，路實在不曉得什麼時候才會開好。可是，如果是妳這種體型也能走的路，紐希拉的客人也幾乎能走，所以最適合說服他們該走什麼路線吧？」

赫蘿低頭看看自己的身體，頗為無力地抬起眼。

而羅倫斯擠出渾身力氣，注入他接下來的話。

「而且妳比瑟莉姆可愛很多，對村人的說服力完全不一樣喔。」

「……」

赫蘿泛紅的琥珀色眼眸默默注視羅倫斯。宛如寶石的璀璨瞳仁眨也沒眨，最後忽然閉上，別開視線。

「哼。」

她輕聲嗚鼻，稍微噘起嘴唇。

耳朵和尾巴開心地拍動。

「汝就只有嘴巴厲害。咱就信了汝的花言巧語唄。」

對於假裝不高興的赫蘿，羅倫斯一樣是誠懇地道謝。

「那真是太好了。」

赫蘿側眼一瞄，再哼一聲閉上眼睛，把肩膀往羅倫斯挪。

羅倫斯無奈苦笑，抱緊要人疼的狼。

「所以吶？咱隨便在可以開路的地方拉線就好了嗎？」

「不，村裡的獵人、樵夫和阿朗他們也會一起去探勘，妳跟著就好。」

赫蘿才剛在他臂彎裡愉快地瞇起眼，表情馬上又垮下來。

「怎麼，還有其他人呀？咱不太想拋頭露面呀，這樣對汝也不好唄？」

赫蘿不是人類，不會衰老。到這村裡十多年來，她都盡可能不出現在村民面前，除了掩飾這一點之外，還有一個原因。

其實赫蘿很怕生。

「拜託啦，我好不容易才被大家認同是村裡的一員耶。只要妳這個作太太的趁這個機會表現一下，我們就真的融入這個村子了。」

狼是群居生物，赫蘿對這方面的事特別敏感。

而且她曾經獨自當一個不受任何人感謝，掌管小村麥穀豐收的神幾百年，深知抱著疏離感生活是多麼辛酸。

表情雖仍百般不願，到頭來還是頹肩嘆息。

「真是的……咱怎麼嫁來這麼麻煩的地方。」

「太好了，謝謝。」

羅倫斯再摟一下赫蘿，弄得她尾巴沙沙搖。

「好唄，偶爾陪汝散個步也不錯。」

笑著這麼說的赫蘿，讓羅倫斯有點罪惡感。

赫蘿當然注意到羅倫斯的變化，愣了一下。

「唔……嗯？」

「抱歉……我得留在旅館裡才行。」

赫蘿稍微睜開眼，縮起嘴巴。獸耳難過地顫動，洩氣地垂下。

該怎麼對以為能一起在山上散步而高興的可愛嬌妻解釋才好呢……想到一半，羅倫斯注意到她尾巴的膨脹度而嘆息。

「拜託喔，不要演這種戲啦。」

赫蘿的悲傷像泡泡破掉一樣，霎時從臉上消失不見。

取而代之的是冷冰冰的眼神。

「哼。把咱趕到山上去，不曉得是想搞什麼鬼喔。」

「至少不會大白天就喝啤酒睡懶覺。」

赫蘿當然知道羅倫斯在損她，不滿地抬頭瞪人。

「還是妳想做我的工作？這是要把握時間趕快做的事，如果妳能幫我做好也無所謂啦。」

「唔……汝、汝的工作？」

旅館的工作有為維持旅館經營的每日性工作，以及季節性工作兩種，而後者包含採集食物和保存加工等麻煩的作業。羅倫斯見赫蘿試著回想這時期有什麼工作，便先一步說出來。

「要曬硫磺給客人帶回去啦。」

「啊！」

溫泉中，有種淡黃色的粉末混在裡頭。那似乎和一般的硫磺不太一樣，據說有治療關節痛、腫脹和割傷等功效。相信的客人，甚至會摻在熱水裡服用。羅倫斯曾經也試過，結果拉了肚子，不敢積極推薦。但他畢竟是商人，客人想要，他就會準備。

不過，在泉源處堆積的硫磺先裝進素燒的陶甕裡脫水，然後用太陽曬乾才能用。客人幾乎一次就買一大堆，準備起來很是累人。若用柴薪生火烤乾，成本實在太高，所以得趁晴天多的夏天一口氣準備好才行。而且，準備工作還不單純。

初步脫水的溼硫磺又沉又重，從甕裡挖出來也得費一番功夫。而且放在亞麻布上曝曬後需要用木棒搗碎鋪開，再來要收集乾粉，然後一再重複。

若是赫蘿，重複到第三次就要叫苦了。

羅倫斯等著看赫蘿的反應，而赫蘿用腦袋裡的天平評估損益以後忽然笑著說：

「……好吧，咱也是這旅館的一分子，不想辦法讓咱們更融入這村子，實在說不過去吶。」

看來她的結論是爬山比曬硫磺好多了。

羅倫斯用略顯挖苦的眼神看來，赫蘿也用「有意見嗎」的眼神瞪回去。

當然，只要她肯做事就沒意見。

羅倫斯聳聳肩，嘆道：

「我會叫漢娜幫妳準備點好吃的，拜託妳嘍。」

赫蘿往他手背一捏。

「大笨驢。不要以為每次都能用食物騙咱做事。」

「所以是不要嗎？」

「咱可沒那麼說。」

對於用鼻子嘆氣的赫蘿，羅倫斯只能苦笑。

過去曾在狼形的赫蘿背上綁過行李不少次，可是人形時或許就很稀奇了。羅倫斯給赫蘿背上裝入午餐和筆記用品的背包並紮實繫好，以免半路鬆動，拖累步伐。

再來，由於需要和其他村人一起行動，得藏好耳朵和尾巴。耳朵能用兜帽蓋住，尾巴比較有問題。

最後是以藏樹於林的道理，在腰間圍上許多毛茸茸的皮草當掩護。現在雖是夏天，進了日光照不進去的森林裡還是很冷，應該剛好。

再來只能相信赫蘿可以規規矩矩，被懷疑時能掰出一套藉口混過去了。

「那就拜託妳嘍。」

「嗯。」

一身外出服的赫蘿意外地沒有不情願的表情，反而很積極。

出發之際，還刻意踮起腳抬高了臉，羅倫斯也拿她沒辦法地在臉頰上吻一下。

「呵呵，要乖乖看家喔？」

不曉得怕孤單又愛撒嬌的人是誰喔。羅倫斯不禁苦笑，赫蘿也笑出一點點尖牙，走下旅館前的坡，很快就和村裡的獵人們會合，作修士打扮的阿朗向她深深鞠躬。最後赫蘿大手一揮，離開羅倫斯視線。

這情景給羅倫斯不同於第一次叫女兒繆里出門跑腿的奇妙感傷，臉上泛起淡淡的微笑。

「那個，羅倫斯先生。」

這時，有人說話。

那是來自斜後方，與他一起目送赫蘿，在旅館工作的女孩瑟莉姆。

「還是應該由我去比較好吧……」

有著及肩淺色頭髮，狼形時一身聖潔白毛的瑟莉姆，相當適合歉疚的表情。

打從以前，赫蘿就經常調侃羅倫斯喜歡長相薄命的女性，與瑟莉姆應對時自然得加倍小心。

「不用，最近那傢伙太會摸魚。要是妳不在，旅館就忙不過來了。妳也知道她午睡是什麼樣子吧？」

瑟莉姆惶恐地聳著肩，但似乎還是想起了赫蘿午睡的模樣。

原本想老實頷首，隨後連忙搖頭。

「別、別這麼說。我本來就喜歡工作，而且赫蘿小姐在特別忙的時候也會爽快地來幫我。」

「問題就在這裡。她都覺得只要船不會沉就好，沒有划快一點的想法。」

好像在說自己那麼努力反而奇怪一樣。

瑟莉姆對發牢騷的羅倫斯尷尬地笑，並慢慢說：

「說不定，那就是長壽的祕訣喔。」

這樣回答誰也不失顏面，真是個好女孩。

「就是說啊。要是只顧往天平某一邊放砝碼，遲早會倒。」

「是啊。」

瑟莉姆笑咪咪地說，羅倫斯也對她笑。要是赫蘿在旁邊，就要翻白眼瞪人了。老實的瑟莉姆不會拿笑容當武器，羅倫斯實在希望赫蘿能向她看齊。

「啊，有件事要向您報告。」

送走赫蘿，準備回旅館時，瑟莉姆邊走邊說：

「昨晚，我把收支帳目算了一遍。」

「數字不對嗎？喔不，有虧損嗎？」

獲得眼鏡後，瑟莉姆的閱讀能力日與俱增，一轉眼就能勝任寇爾之前的工作了。

她不是一股腦地蠻幹，而是細心不怠完成每一件工作，是個適合託付帳簿的人選。

「不，是貨幣的問題。」

聽她這麼說，羅倫斯馬上就懂了。

「喔……零錢啊……」

唏噓的語氣讓瑟莉姆抱歉地縮起肩膀。

「進貨的時候，我已經盡量用各種銀幣來付款了，可是零錢還是很不夠用……」

「這不是妳的責任。」

羅倫斯用這句話讓瑟莉姆安心後搔搔頭說。

「村子的會議上也提到了這件事。聽說今年每個地方的生意都很好，貨幣都不夠用了呢。」

「也就是說……暫時無法解決嗎？」

瑟莉姆縮頭抬眼地這麼問，似乎正在為往後的貨幣支付問題苦惱。

「大批進貨可以用匯票湊合……問題就是小額付款和客人要換的零錢了吧。」

客人換零錢的需要尤其大。他們長期的泉療生活很需要娛樂，其中一項就是在泡澡時觀賞舞孃或樂師的表演。那些閒到發慌的好色老人，經常把輕薄的銅幣當小費貼在光可鑑人的美豔舞孃身上，只為買一個笑，好像那就是他們的人生意義一樣。

而村中也會有人四處兜售自製的酒飲或甜點，買這些零嘴吃需要零錢，帶隨從的人，也得給他們零用錢。

沒有零錢，對任何人都不方便。

「我會想個替代方案，在那之前就麻煩妳多多擔待了。」

「我知道了。」

乖巧的瑟莉姆沒有半分不滿，可是當客人沒有零錢換的時候，捱罵的畢竟是她，羅倫斯心裡也不好受。

目送瑟莉姆恭敬鞠躬，回去工作後，他不禁嘆息。

「替代方案……替代方案啊……」

羅倫斯手扠著腰仰望天空。

紐希拉已經地處深山，而他們的旅館還要更往山中走。水路山路配合著走，距離最近的城鎮也要好幾天路程。既然大城鎮的兌換商都在頭疼貨幣問題了，這種偏僻地方的旅館老闆自然無從解決。

旅館另一頭的浴場，傳來樂聲和客人愉快的喧噪。

旅館老闆羅倫斯的工作，就是讓這些笑聲和嘈雜連綿不斷。

這裡可是他和赫蘿的夢想之家，沒有放棄的選項。

「想在這個世道作夢，還真需要一番苦心呢。」

羅倫斯苦笑著如此呢喃，回去工作。

紐希拉在夏冬兩個旺季是每月各開一次會，此外的淡季是每月兩次。若臨時出現問題，則另挑適當時機舉行。

平常會議沒多久就會變成旅館老闆們的酒會，不過這幾次大家討論得十分認真。

「呃，關於通往聖瑟莉姆旅舍的路，目前是進行得很順利。」

由於妻子赫蘿參與探勘，羅倫斯便協助報告結果。或許是赫蘿這樣的小個子都能走得輕鬆，關於路線該怎麼畫，老闆們並沒有多少意見。

至於阿朗他們的旅舍，好像是命名為聖瑟莉姆旅舍了。由於捏造奇蹟，佯稱那片土地有變成銀塊的聖女沉眠時，瑟莉姆直接對大主教說出了自己的名字，這也是莫可奈何的事。

再說，任誰也不會認為在羅倫斯的旅館工作的女孩，和聖瑟莉姆會是同一人物吧。

「關路的費用怎麼分攤、砍除的樹怎麼賣、中途小屋的建築費用這些部分，以後再談就好了吧。」

其他旅館老闆都表示沒有意見。夏季雖然不比冬季，但旅客出入還是很多，談錢容易造成混亂。在旺季，幾乎所有旅館都不確定自己究竟賺了多少錢。

「那麼，剩下的議題……」

議長稍微停頓後說：

「就是我們所陷入的零錢嚴重不足的問題。」

「斯威奈爾的兌換商怎麼說？」

某人迫不及待地問。

斯威奈爾是紐希拉各種物資的主要供應地，也是北方地區的交通要衝。無論貨幣過剩或短缺，都會請這城鎮的兌換商處理。

「別說給我們零錢救急，不跟我們討就謝天謝地了。」

「春天不是拿很多去換了嗎？」

照慣例，紐希拉在冬天旺季結束後，會將客人支付的大量貨幣送到斯威奈爾給兌換商處理。由於到了春天，在冬天停滯的商業活動會一口氣復甦過來，貨幣行情隨之上漲，拿貨幣去賣可以賺上一筆。

「德堡商行那邊呢？」

這句話是對羅倫斯問的。德堡商行對北方地區經濟有極大影響力，同時也鑄有信用度高的貨幣，羅倫斯在旅行商人時期與他們深有交情。

「我寫信問過了，他們說到了夏天，融雪的水會流得每座礦坑到處都是，無法即刻鑄幣。」

即使手上有刻印鎚，沒有礦料也刻不出貨幣。

德堡商行雖然有自己的礦山，可是來不及生產。

「其實每個有刻印鎚的地方，都為了爭礦料殺紅了眼吧。在這種狀況下，貨幣是鑄愈多賺愈多。」

「噢，好懷念亮晶晶的銀幣啊！」

「往來我們這的商人也在抱怨說，最近每個地方都用匯票付錢，讓他很不想作生意呢。」

匯票是一種標示金額的證書，讓人們再也不必搬運沉重的貨幣，非常方便。但相對地，無論多大的鉅款，都只是變成一張薄薄的紙。收了也高興不起來的心情，羅倫斯也深有體會。

「能用匯票賞舞孃就好嘍。」

某人的玩笑逗笑了大家。

「雖然現在是能用紙片代替貨幣的時代，不過舞孃收到匯票根本不會想笑吧。」

無論貨幣再怎麼磨損，只要還有貨幣的樣子，人們就會認同其價值。

「那我們能做的，就是想辦法讓舞孃、樂師、旅行商人和小販把他們賺的錢再交出來嘍。」

他們的眼睛也很雪亮，知道錢往哪裡花最值得。

但可惜的是，紐希拉不在他們的考慮範圍內，貨幣只會外流。

「否則就是我們自己唱歌跳舞給客人看了。」

這句話也引起哄堂大笑。

近乎自棄的笑法，是因為他們對目前缺乏貨幣的問題實在無能為力吧。

「到頭來還是只能忍忍啊。」

議長語重心長的一言，引來旅館老闆們的嘆息。

就在重重沉默就要開始時，有個老闆說：

「雖然應該沒有人要看我們唱歌跳舞──」

是據說菜色口味全村第一的旅館老闆。

「但我們不是有個很適合賺零錢的活動嗎，辦那個不就好了。」

有那種事嗎？周圍開始交頭接耳。

羅倫斯也歪頭尋思，而那位老闆的視線轉到他身上。

「哎喲，就是羅倫斯先生想的那個啊。」

「咦？」

目光立刻聚集在他身上。

「假葬禮啊，忘啦？」

臉頰發燙，並不是因為害羞。

而是喜悅。

「喔，就是把活人裝進棺材的那個嘛？」

「都忘了還有這一招。其實還滿有意思的，最後怎麼樣啦？」

人不到最後關頭，無法對珍愛的人說出重要的話。所以趁在世時舉辦葬禮，讓人說出平常羞得說不出的話——羅倫斯提的就是這樣的活動。

由於紐希拉的客潮夏冬旺，春秋淡，羅倫斯想在淡季多招攬點生意，便提出這樣的想法。試辦以後，發現費用不高，反應也不錯，不過旅館老闆們凡事都很保守，不容易煽動。說什麼準備起來麻煩、不想負太多責任，最後只辦過那麼一次就不了了之。

即使羅倫斯自願負擔麻煩的部分，可是他在村中年資最淺，太出風頭也有招忌的危險。

因此，這件事逐漸被人淡忘，直到今天才意外復活。

「辦葬禮可以賣很多獻燈跟蠟燭，如果把捐獻箱捧到舞孃、樂師和旅行商人面前，他們也不得不配合。知道是遊戲，人家就願意給點零錢意思一下這點，是最重要的地方。當然，要是有人願意捐銀幣，就是賺到了。」

大家都以「原來如此……」的表情點頭。

這時，議長拍幾下手說：

「的確是一石二鳥之計。夏天就這麼缺零錢，到了冬天顯然只會更嚴重。那麼，不如就想個辦法在秋天辦出這樣的活動來。就算救不了現在的急，到時候也有幫助，各位意下如何？」

雖然村裡的會議平常連小事情都拿不定主意，但也因為村子小，表決是一瞬間的事。羅倫斯見到自己的提議為村子所接受，人們舉手喊贊成的一刻。

「好，就這麼辦。不過現在也沒有東西可以討論，就先把聖瑟莉姆旅舍的事處理好吧。」

該做的事堆積如山。

議論當中，羅倫斯對提議的旅館老闆以眼色致意。

對方隨即察覺他的視線，並了解其意思，聳了聳肩。

他是致力於在客人的餐點上下功夫、發揮創意的老闆，所以提那個議不是為了羅倫斯，單純是有需要吧。

不過羅倫斯還是高興極了。因為這應該會讓他更進一步地融入這村子。

「那麼今天的會議就開到這裡，拿酒來喝吧。好想看看今年的水果酒釀得怎麼樣了。」

在旅館老闆們一致同意的掌聲中，眾人迫不及待地準備酒席。

即使夏天沒冬天忙，參加會議就等於能在大白天喝酒，甚至大多數人是為此而來。

「今年夏天也採了不少蕈菇呢。喂，炭爐準備好了沒！」

食物和酒陸續送上桌來。

平常會議的酒席上，羅倫斯總是喝得很拘謹，今天或許能暢飲一番了。

頂著紅通通的臉回家，多半會捱赫蘿的罵，不過今天能請她閉一隻眼吧。

相對於烏雲罩頂的貨幣問題，通往阿朗他們旅舍的探路作業似乎進行得很順利。

「而且咱坐下的時候，他們總會割新鮮的草給咱墊。若要翻過稍微寬一點的山壁，他們不是背咱，就是用樹枝做個簡單的轎子給咱坐，然後拉咱上去。」

赫蘿趴在床上，搖著尾巴讓羅倫斯捏腳，開心地這麼說。

「真的是變成公主的感覺。偶爾這樣也不壞吶。」

現在不就是把妳當公主一樣伺候嗎？這句話，羅倫斯還是吞了回去。畢竟赫蘿與探路時同行的阿朗和獵人幾個很合得來，沒必要在她興頭上潑冷水。

「剛開始還以為那個叫阿朗的是個沒禮貌的小鬼，其實並不會哦，他在森林裡鼻子也夠靈。至於獵人呢，技術以人類來說很不錯，也懂森林的規矩。咱不跟著也沒問題唄。」

難得聽赫蘿誇獎人。說不定這麼好評價，是來自她回來時腰間繫的三隻兔子，還有背上幾朵有她臉那麼大的褐色美味蕈菇。

「所以路是闢得起來了吧。」

「嗯……唔～用力一點……」

走了一天的山路，讓她似乎是真的累了。腳底按得稍微用力，尾巴毛就全豎了起來，不斷呻吟。

「哈呼……那汝那邊怎麼樣？」

赫蘿維持抱著枕頭趴平的姿勢問。

「什麼怎麼樣？」

「開會的結果呀。」

平時赫蘿不會過問會議結果，基本上只有羅倫斯喝多時會這麼做。羅倫斯自認酒味沒那麼重，而赫蘿的尾巴靈巧一勾，在他手上用力一拍。

「大笨驢。汝心情好，咱會看不出來嗎？」

赫蘿閉著眼睛，說得像任何事都逃不過她的法眼。

而她也確實看穿了，於是羅倫斯彷彿在說公主英明似的，細心搓揉她的小腿肚。

「是啊，有件讓人開心的事。還記得我們先前想把假葬禮辦成村裡活動那件事嗎？好像談成了。」

「喔喔。」

而且那說不定還能解決貨幣問題。

只要能解決村裡大事，其他人看他也會多一分尊重吧。

「在妳的幫助下，我好像真的能成為這村子的人了呢。」

「嗯。這真是、這真是……太好……了……」

羅倫斯滿懷喜悅與感激，勤奮地按摩赫蘿的腳。不知不覺地，她的尾巴往右重重一甩以後就不動了。

轉頭一看，赫蘿已經睡著，半張的嘴吐出細小呼吸聲。

夜還很淺，平時她都是喝點小酒，打擾羅倫斯做文書工作。今天她吃了不少飯，酒卻沒喝多少，可能是因為以人身在山林裡行走，比她想像的暢快多了。

羅倫斯輕輕撫摸赫蘿的頭，為她蓋上被子。原打算再辦點公，但看著赫蘿「咕～噗嘶～」地發出舒爽的鼾聲，幹勁也全沒了。

於是吹熄蠟燭，悄悄鑽進被子底下，然後才發現枕頭被赫蘿霸占了。

雖覺無奈，眼睛閉上沒多久，羅倫斯自己也墜入夢鄉。

即使有零錢不足與探路等狀況，光是忙眼前的工作，時間就飛快流逝。赫蘿一早上背個大背包出門，已經是司空見慣的光景，夜裡聊聊白天發生的事直到睡著為止，也成了慣例。

至於葬禮的事，由於這時節大家都忙，延到秋天將至再處理，而零錢這個當下的問題則是一天比一天嚴重。旅館老闆們甚至有人提議找石工雕刻石貨幣，或是死馬當活馬醫，下山找幾個城鎮繞繞，盡量多蒐集點零錢回來。

前者先不論，後者多少有點希望。

問題是在這個忙碌的時候，該找誰到村外去蒐集零錢。而這個角色會獎落誰家，羅倫斯心裡也有點底了。

若要他去，旅館就得暫時歇業，該怎麼辦呢……羅倫斯懷抱著這樣的不安，這天也是一早就送赫蘿出門。

現在在山裡打轉成了赫蘿的每日樂趣，今天她也背上了用來裝樹果和蕈菇的麻袋。她貪心地裝滿一整袋，重得走路搖搖晃晃的模樣，已經能浮現眼前。準備點好酒慶祝她豐收吧。羅倫斯一邊這麼想，一邊在旅館前的空地曬來自溫泉的硫磺粉。

到了差不多該吃午餐而抬起頭時——

他見到赫蘿從林子裡現身，起先還以為是看錯了。

「……咦？怎、怎麼了？」

如果是怕寂寞所以先回來了這麼一個可愛的理由倒還好，不過羅倫斯認識赫蘿很久了，看得出她表情有點臭。

赫蘿默默走出樹林，在羅倫斯面前停下來，嘆一口氣。

「事情變麻煩了。」

赫蘿不高興地這麼說後，視線忽然往羅倫斯背後移。轉頭一看，原來是瑟莉姆拿簍子來要收集曬乾的硫磺粉。

「阿朗和獵人他們還在山上守著，叫咱回來找人過去。」

聽見兄長的名字，讓瑟莉姆睜大了眼。

羅倫斯則為「守」字皺起眉頭。

「遇到危險了嗎？」

紐希拉位在邊陲中的邊陲，在任何時代，想避人耳目生活的人都會逃到這種地方。

「他們說不是沒有這種可能吶。」

「呃，嗯？」

赫蘿見羅倫斯為她模糊的回答摸不著頭腦，又重又長地嘆氣說：

「如果寇爾小鬼在就好嘍……」

意外的名字讓羅倫斯的眉頭皺得更深了。

「寇爾？」

羅倫斯和赫蘿是在十多年前的行商旅途中認識寇爾，長期以來，他都是這旅館的支柱。

會是什麼事情需要寇爾呢？羅倫斯只想得到一件事，便潛聲問道：

「該不會……是發現了繆里哪個荒唐惡作劇的痕跡吧？」

他們的獨生女繆里是個天生的調皮鬼，整天就愛搗蛋，幹過許多其他村人知道了恐怕會昏倒的危險惡作劇。

由於這樣的繆里將寇爾當哥哥一樣愛慕，所以繆里的爛攤子大多是由寇爾來收，羅倫斯的聯想即是由此而來。不過從赫蘿的苦笑來看，似乎不是這樣。

「寇爾小鬼和繆里還真是一對吶。」

見羅倫斯為這調侃而惶恐的樣子，赫蘿才總算是吐出哽在喉嚨裡的緊張。

「不是那邊啦。需要的是寇爾小鬼那些複雜的知識。」

「知識……教會方面？」

赫蘿起初說，事情變麻煩了。

羅倫斯雙手搭在妻子細瘦的肩上，以旅館老闆的身分問：

「發生什麼事了？」

赫蘿隨後所說的狀況，確實相當棘手。

羅倫斯手腕不夠強，也沒有足以解決任何問題的資金。有的只是從商而累積的知識，與不少的人脈。

「很抱歉冒昧勞駕您做這種事。」

「哪裡哪裡，我也很受羅倫斯先生你照顧啊。」

體型碩大的修道院長頂著還沒乾透的鬚髮走在山路上。幸虧他還沒開始喝酒，只是在泡溫泉，和他說明原委後就答應同行了。

「那麼，請恕我再次強調，這件事……」

羅倫斯路上再三叮嚀，而院長要他不必多言般出手制止。

「我都明白。這裡是煙霧瀰漫，神也看不透的紐希拉。說起來，我還得向你鄭重道謝才行呢。」

兩個男人有遮跟沒遮一樣的對話，惹來赫蘿冷冷的眼光。

這位白髮白鬍鬚的男子，是一所規模頗大的修道院——哈里維爾修道院的院長。他難得在春未來到旅館入住，結果是來請羅倫斯幫他處理一個特殊的難題。

他說最近城鎮吹起教會改革的狂風，累積大量資產的教會和修道院首成箭靶。因此，他來請羅倫斯幫忙將哈里維爾修道院的財產分給最需要的人。

當然，分給最需要的人，意思就是替他找出價最高的買主。

羅倫斯尚未遺忘作旅行商人時的知識，其間培養的廣大人脈與商人清濁並濟的鐵則，紮實辦妥了這項工作。

而這樣的人情，自然是非還不可。

正好赫蘿他們在山中探路時意外發現了一樣東西。

於是羅倫斯便請院長走一遭，驗明正身了。

「你說有人在山上找到帶著可疑圖紋的旅人遺體啊？」

腿腳勇健的院長在山路上如履平地。

羅倫斯回答：

「好像是在狹小的洞穴裡斷了氣，年代已經很久遠了。」

話還沒說到細節，院長似乎已經了解狀況，低語：「願神寬恕他的靈魂。」然後說道：

「當年戰爭時，其實有很多異端逃來北方地區，同時也有不少異端審訊官混在人群裡追了過來，這件事的確是該審慎處理。無論是對我還是其他同志而言，要是紐希拉陷入異端審訊的泥淖而沒有溫泉能泡，活下去也沒什麼意義。」

「萬事拜託了。」

紐希拉距離最近的城鎮有幾天路程，要是鄰近聚落有人在山裡迷路，消息馬上會傳到。所以會在洞穴裡發現的人，八成是因為某些原因上山來的外地人。

從他的行李與所謂可疑圖紋，可以立刻得知他不是普通的旅客，不過身分全無頭緒。赫蘿等人大概是無從判斷，又不能直接挖個洞埋起來當作沒看到，苦惱到最後，才叫赫蘿回村找信得過的人幫忙吧。

途中稍作休息再走上一段，就看到阿朗和背著弓的獵人來接人了。到了該處，有個樵夫在樹叢邊生了一堆火。

由於離村不遠，讓羅倫斯相當訝異。那個洞穴需要先經過一段蓋滿蕨類的岩石裂縫，即使有人指也看不太出來。

「請小心，別踩空了。」

在獵人的帶領下，羅倫斯等人從岩石裂縫溜下洞穴。

「唔、唔……哈哈，好像遊地獄一樣。」

院長個子大，看起來有點危險，但最後還是平安抵達。

這洞穴從外頭看起來黑漆漆的，裡頭卻有光照進來，意外地亮。

「這裡實在很適合躲人啊。」

有小倉庫那麼寬，在夏天也涼得發寒，還有種濕石的氣味。四處查看，還真的在洞穴角落發現一小口清泉。

洞穴不深，要找的人馬上就找到了。

院長拿出聖職人員樣，將項鍊上的教會徽記握在手裡祈禱。

「願神賜予這遊蕩的靈魂安息。」

應該是水分脫乾的緣故，遺體未遭蟲蝕。他倚在洞穴最深處的石壁邊，雙腿直伸，簡直像個醉倒在燒炭小屋的老人。

羅倫斯從前過的是旅行生活，在山野看過不少屍體，但這麼完整的十分罕見。這裡有飲水，洞頂還有植物根鬚垂下，彷彿他生前就是食用這些東西，等著靈魂慢慢榨乾，陷入永眠般死去。

真不曉得該認為他是經過長期磨難而死，還是最後的最後依然懷抱希望。

看著遺體的模樣，羅倫斯沒來由地覺得應該是後者。

「好像前不久還活著一樣。」

院長的話並不誇張。不僅沒有蟲鼠啃咬，姿態也像活人。左手將背包抱在腹部，右手抓著信紙般的東西。遠遠看起來，會以為是讀信到睡著的老人吧。

「他是……正在保養工具，還是在懷想自己的工作呢。」

聽到這句話，羅倫斯才注意到遺體邊有一排工具。可能是年代久遠，看不見鏽斑，蓋滿了黑苔似的東西，不太明顯。每樣都在坐姿伸手可及的範圍，甚至像個小工坊。

「鎚子、鑿子、銼刀……這是鋸子吧。手上的，是信嗎？不……」

「這是……」

院長拿起的不是脆弱的紙，而是條件若允許，可以保存上千年的羊皮紙。沒被水浸濕，形狀完好。

但在見到紙上內容的瞬間，羅倫斯和院長都說不出話了。

赫蘿緊抓羅倫斯的手，甚至有點痛，羅倫斯不禁轉頭看去。

她表情緊繃，還有點發青。

原來赫蘿回到旅館時的神情不是不滿，而是緊張。

遺體手中的羊皮紙，畫了無數的狼。有正常的，有雙頭的；有的齜牙咧嘴，有的叼著東西。各式各樣不同的狼，畫滿了整張羊皮紙。

「信狼的宗教？」

教會所譴責的異教徒，大部分是崇拜大蟾蜍，但羅倫斯也知道世上有許多宗教。有人崇拜巨岩或巨木，有人崇拜泉水，崇拜鷹、熊、魚的也有之。其中狼和鷹是人口最多的吧。

這讓羅倫斯明白發現遺體的阿朗和赫蘿為何無法視而不見。

以及容易胡思亂想的赫蘿擔心那釀成大問題的緣由。

要是有信仰狼的異教徒躲在山裡，顯然會造成大騷動。

「光憑這些還不足以判斷。先看看背包裡頭吧……」

院長稍作祈禱後慎重地拉開遺體有如枯枝的手，解開其所抱的麻布背包袋口，一隻蜈蚣爬了出來。

「抱歉，吵醒你啦？」

不慌不忙地目送洞穴居民離去後，院長取出內容物。那是一枝看來頗有重量的金屬棒，沒有任何苔蘚覆蓋，仍保有往日的光輝。大小近似手斧的柄，拿在院長手上，有如豪華燭台的立柱。

不過羅倫斯見過類似的東西，而院長也不是不認識。

「哼嗯……」

那不是驚慌或疑惑，而是鬆了口氣。

「看樣子是沒有異端的問題了。」

院長將手上的東西交給羅倫斯。好沉，好冰。

赫蘿也睜大了眼，仔細端詳。

羅倫斯這輩子是第二次碰觸這樣的東西。

「這是貨幣的……刻印鎚嗎？」

「圖樣是狼。」

院長手伸向遺體，擦去掩蓋他項鍊飾物的塵埃。

其下顯現的，也是狼的圖案。

「衣服上也都是狼吶。」

聽了赫蘿的低語，羅倫斯才總算注意到。

從遺體身上的衣服到手裡的背包都有狼的圖案。似乎是染成的，就快隨歲月消逝了。

「其他嘛……喔，果然沒錯。這是印板。」

那是個比手掌略小的金屬塊，印鈕部分雕的是狼。

「看樣子，這印板是用來在貨物上蓋烙印的吧。用雙頭狼，看來野心很大啊。」

成人手掌大小的四方型金屬片上，刻有一身二首的狼紋。那少見的詭異圖樣，讓赫蘿以避諱的眼神注視著它。

不過，那圖樣仍有其意義。

「會是來自……從前因戰亂滅亡的國家嗎？」

「不然就是在那個戰亂頻仍的時代，他夢想在新領地振興國族，結果人先死了。從這裡只有他一個來看，可能是某國的家臣，為留存領主最後的希望而獨自來到北方逃避戰亂吧。大概是我祖父那輩的事了。在這個時代，雙頭野獸的家紋未免太招搖。」

赫蘿似乎仍有不安，以有話想問的眼神看來，羅倫斯便替她解釋：

「這是模仿古代大帝國的圖紋啦。」

院長更從背包裡搜出聖經，為遺體的信仰誠摯祈禱。

「狼主要是象徵力量與豐收，常有人用。妳以前不也戴過用狼紋貨幣做的首飾嗎？」

人們認為那種貨幣有驅狼的能力，很受旅人歡迎。

「兩個頭各往左右看，據說是代表監視廣大領土的東西邊境。到了這個時代，領土愈分愈小，有野心征服世界的人也愈來愈少。除非是歷史悠久的國家，否則不會使用這種圖紋。」

赫蘿愣愣地點點頭，而羅倫斯再次仔細觀察圖樣後有所發現。

仔細一看，圖樣並非完全左右對稱，左右兩個頭的深度不一樣。

「這是……把原本的圖樣磨掉以後重刻的嗎？這麼說來……」

畫滿羊皮紙的圖樣，會不會是這無名工匠在這無人可以對話的洞穴中留下的夢痕呢。

羅倫斯對赫蘿這麼說之後，她哀傷地瞇著眼注視逝世多年的工匠。用力緊抓羅倫斯的手，是為愛狼者的逝去而悲痛嗎。

這當中，結束祈禱的院長緩緩起身。

「在這片土地亡故，最後讓我們找到，也是出於神的指引吧。慎重起見，我會再詳加調查這圖紋的出處，然後為他辦場正式的葬禮。」

「好的。」

這個院長酷愛酒肉，當自己的修道院因財產累積過多而恐將遭受非議時，為了避免成為箭靶，火速來請羅倫斯幫忙。

他雖是這樣的人，但他的話不像有任何虛偽。

「話說回來，這裡還真冷。如果能葬在紐希拉的墓地，他冰凍的靈魂也會溫暖起來吧。」

爬出洞穴後，羅倫斯對擔心狀況危險的阿朗幾個大致說明，這天的探路就到此結束了。

最後，是用哈里維爾修道院長的關係向其他客人打聽，得知洞穴裡的遺體是來自至少五十年前滅亡的小國。一位耗費一個月時間，從南方遠道而來的老領主知道這個圖紋。

他以十分懷念的表情，訴說如今無法想像的戰亂時期種種往事。

即使戰火已經平息，仍時不時有人從各地村落的倉庫或田地發現當時的遺跡。其中偶有最後一絲希望重見天日，成功振興的家族，而絕大部分已經湮滅於時間的洪流之中。

羅倫斯將洞穴中取回的印板仔細清洗、磨亮，在陽光下一照，發現果然沒錯，能清楚看見原來的圖紋沒有完全磨滅，仍有些許殘留。

訴說從前，有許多人心懷開創大帝國的大夢。

無論如何，旅人的背景沒有疑慮，於是羅倫斯向旅館老闆們說明狀況，提議將遺體葬在村中，結果這反而成了問題。

「不不不，怎麼能這麼說呢。本修道院在旅人逃來的休坦地區有堂堂兩百七十年歷史——」「要講歷史的話，本教會是由聖人艾摩迪斯為祖，已有六百二十年歷史——」「各位且慢。旅人手上的聖經有皮爾森博士的註解，顯然是里多學派的遺緒！應該由我們米雷修道院來慰藉旅人的靈魂才最為恰當——」「這分明是詭辯！」「胡說八道！」「你說什麼！」

用來開會的倉庫，為旅人下葬時該由誰主祭爭得不可開交，場面一團混亂。這是因為世界各地的許多高階聖職人員聚集紐希拉，好比一艘船上有上百個船長，必然會起爭執。白鬍子、黑鬍子，氣得出油而發亮的光頭，枯枝般揮舞的手，被大肚腩頂翻的桌子，整個倉庫亂得像一口氣把牛、山羊和綿羊全關在一起一樣。

當主人們的怒罵演變到互揪胸口時，甚至有戴上鐵盔，全副武裝的騎士百般無奈地把他們拉開。

在後頭坐在鋪了紅墊的椅子上，以鷹眼般的目光注視這景象的，全是資助那些聖職人員的領主。他們捐了不少錢給領地內的教會和修道院，認為自己資助的聖職人員權威愈高，自己的權威也愈高。更何況在洞穴裡逝世的，是戰亂時期滿懷信仰與忠誠，為復國之夢而死的人物，可謂是戰爭英雄。

誰來慰藉其靈魂的問題，在高階人士雲集的紐希拉是個不容妥協的問題。

羅倫斯在會議所角落望著這幅景象，不由得嘆息。

隨後才想到可能捱罵而急忙掩嘴，結果聽見旁邊傳來嗤嗤竊笑。

「真的是很無聊啊。」

說話的正是解開旅人身分的老領主。他現在雖不是狼與辛香料亭的顧客，之前曾泡過幾次洞窟池，並不面生。

「他是戰爭時期的人，照戰爭時期的方式來辦就好了。」

「戰爭時期的方式嗎？」

羅倫斯雖認識傭兵，不過戰爭對他的生意有害，所以是極力避免，懂的不多。

「嗯。在不容易找到聖職人員辦葬禮的戰場上，都是就地挖個坑埋起來，灑一點酒，不喝酒的就埋點他愛吃的東西。囉哩囉唆的祈禱和誰來主持都不重要。」

實用至上這戰場的鐵則，實在淺顯易懂。

想像削瘦的禿頭老領主給一手持劍下葬的老戰友灑酒的樣子，讓人覺得這樣才適合旅人。

「不過戰爭結束，操弄文字的傢伙就開始出頭了。這或許是和平的象徵，可是……」

老領主也嘆一口氣，對隨從使個眼色，扶他的手站起。

「對了，你那兒的洞窟池空著嗎？」

「咦？對，現在客人都因為這件事聚來這裡了。」

「太好了，給我留著。」

「知道了，等您大駕光臨。」

羅倫斯恭敬鞠躬，目送老領主離去。

然後覺得多留無益，來到屋外。

倉庫容不下所有人，敞開的門邊圍起了窺探的人牆。更外側，是將裡頭狀況潤色得更逗趣的說書人，以及聽得樂此不疲的群眾。

不勝唏噓時，羅倫斯感到有人拉他的衣襬而回頭。

那是將兜帽戴得遮住眼睛的赫蘿，表情很煩悶。

「喔，妳來得正好。我要回旅館去了。」

赫蘿果斷點頭，一起快步離去。她感覺像是玩耍到一半被拉去教堂的小孩，不過原先要來看狀況的人是她自己。

平時總是走在身旁的赫蘿，如今走在羅倫斯幾步之前。她基本上都是不高興才會這樣，且按照慣例，都是羅倫斯冷落了她才會這樣。

然而這次她也是自己要求在門外等，明顯有其他緣故。

「別放在心上嘛。」

羅倫斯等到會議所的喧囂遠去，能隱約聽見坡道邊旅館浴池傳來樂器聲的時候，對赫蘿這麼說。

「什麼別放在心上？」

赫蘿頭也不回地問，羅倫斯只能苦笑。

「他們吵架又不是妳的錯。」

羅倫斯進一步詢問發現旅人遺體時的詳細狀況，得知是赫蘿和阿朗的狼鼻聞到了屍體的氣味。其實可以忽視，不過看在可能是村裡有人迷路的份上就去查看，再見到對方身上每樣東西都與狼有關，更無法拋下了。

後來，雖沒有造成異端問題，客人卻大吵起來。

個性耿直的阿朗當然是很惶恐，而赫蘿似乎也覺得有所責任，這幾天顯得鬱鬱寡歡，心神不寧。

「……咱才不管那些大鬍子吵什麼。」

可是赫蘿卻如此堅稱。那麼妳為什麼要去看人家對罵呢？羅倫斯很想這麼問，但那恐怕會惹她生氣。她自稱賢狼，而狼是森林霸主，自尊或有高人一等之處，但也因此容易寂寞、受傷，無法棄之不顧。

也許能說她難伺候，不過羅倫斯想到赫蘿只會對他敞開心胸，還是高興得不得了。

說不定是因為「滿足難搞的客人更有成就感」這麼一個商人可悲習性使然吧。

「對了，汝這樣可以嗎？」

赫蘿稍微轉頭，向後瞥來。

「我怎樣？」

羅倫斯傻愣回問，讓她繃起了臉。

「看這情況，汝想的那個再怎麼樣也辦不了了唄？」

終於聽懂了。赫蘿所說的，是羅倫斯想出的假葬禮。

「真的是這樣……要是把假葬禮當作整個村子的事，客人肯定會爭著當祭司。從現在這樣來看，應該是辦不起來了。」

試辦當時客人少，沒造成問題。若當成全村的活動，能站在棺木前的祭司肯定會成為紐希拉的頭臉。

可以想見老人們爭相自薦的畫面。

難道赫蘿最在意的是這件事？羅倫斯想出活動，就要為村裡帶來貢獻，期盼獲得村民認同，結果泡湯了。雖然算是意外，赫蘿仍會覺得自己有部分責任……

她的確很可能會這樣想不開，不過羅倫斯不會這麼想。

「關於這件事呢，其實還是有好消息的啦。」

赫蘿露出反感的表情，像在說不要亂哄她。

「真的啦。因為我完全沒想到那些聖職人員都是愛面子的老頑固嘛，如果沒這次經驗就傻呼呼地告訴他們舉辦假葬禮的事，肯定是慘不忍睹。」

「然後呢？」仍然走在幾步前的赫蘿問。

「妳想想，事情一定不會單純只是喊停就好。如果我的提議害客人吵得一發不可收拾，責任會算在誰頭上？當然是我啊。這樣一來我就別想融入這村子了，根本是如坐針氈啊。幸好有找到這具遺體。」

羅倫斯真誠地對她笑，而赫蘿稍微放慢速度，拉近距離。

「再說，這件事也讓我想起來，為了收集零錢辦假葬禮根本就是搞錯方向。」

近乎自囈的這句話不像是安慰赫蘿，而是嘟噥。

「原以為葬禮需要捐錢和獻燈，是個跟客人回收零錢的名義。不過習慣上，這些錢都會交給主持葬禮的祭司。除非讓村人自己來，不然錢就會被當祭司的聖職人員全部收走，而其他聖職人員當然不會不作聲。就算會議上他們主要不是在吵錢的問題，但也占了不小的部分。」

羅倫斯坦率地大聲嘆息。

「真是的，遠離買賣生活以後，對賺錢的嗅覺也鈍了。」

赫蘿仍舊沒回頭，但感覺得到她有在聽。

羅倫斯接下來的話不為安慰赫蘿，而是為安慰自己而說。

「我差點又以為能賺大錢，結果摔進萬丈深淵了。今天沒搞得鼻青臉腫，真是沒枉費我平常供奉那些好肉美酒喔。」

最後一句話，讓赫蘿轉過身來，往他手臂拍一下。

「說什麼傻話，咱又沒給汝出主意。」

「帶來好運也是女神的工作喔？」

羅倫斯挽起赫蘿的手，親吻手背。

但見到赫蘿的臉仍舊陰鬱，讓他的笑容漸漸退去。

「……說真的，他們吵架不是妳的錯，而且沒有任何人怪我把麻煩帶進村子。這一次，我們沒有踩到真正危險的毒蛇，已經是萬幸了。」

在行商路上路過村落，卻因偶然發生厄事，被當作掃把星而遭受驅趕的事常常有。為生命安全著想，羅倫斯對這類氛圍特別敏感。

而現在氣氛並不緊繃，還因為客人都跑去參加那場爭吵，旅館裡空得很，老闆們樂得輕鬆。

在旺季能稍喘一口氣也不錯。

「這咱也知道。」

那妳在難過什麼？這句話衝到羅倫斯嘴邊。

吞回去，是因為仍有一步距離的赫蘿泫然欲泣地回過頭來。

「……赫蘿？」

羅倫斯疑惑先於錯愕，呼喚她的名字。

赫蘿究竟在糾結些什麼？

是沒有即時察覺讓她這麼難過嗎？

就在各種疑惑在心中躁動的下一刻。

赫蘿沒有止步，像隻兔子似的直接轉身撲向羅倫斯。

「呃，哇！」

羅倫斯差點摔倒，好不容易才抱住她。

赫蘿把臉埋進羅倫斯胸口，環抱的手臂十分用力。

羅倫斯不曉得怎麼反應，逡巡如何開口時，底下傳來赫蘿模糊的聲音。

「汝真的在這裡吧？」

「咦？」

她抱得更加用力，又問：

「在這裡的真的是汝沒錯吧？」

「……」

從底下抬望而來的臉，彷彿要被恐懼的黑暗吞噬。

「妳……」

羅倫斯出聲時，赫蘿忽然緊張地把臉埋進他胸口。

隨後幾個經常進出紐希拉的商人經過，明顯是故意裝作沒看見他們。

雖覺得不久後肯定會有奇怪的傳聞，不過現在是眼前的赫蘿比較要緊。

「好了，我們到那邊去吧，這裡會有人經過。」

這裡距離旅館還有一小段，而路上的雜木林裡有個大小不錯的殘株，羅倫斯便牽著赫蘿的手到那坐下。這樣望著村裡的景象，令人憶起過去行商時也常有這種事。

例如吵架後忍著尷尬想和好，在森林裡因連日陰雨只能停下來等雨停的鬱悶日子，或是……

桀驁不遜的公主吸著鼻子，緊抓在羅倫斯的腹側。

羅倫斯摟著她的肩，回想她的話。

在這裡的真的是汝沒錯吧？赫蘿是這麼說的。

羅倫斯輕拍赫蘿纖細的背，無奈嘆息。

赫蘿會這樣的第三個緣故。

那就是作了惡夢的時候。

「我終於懂了。妳是在想，死在洞穴裡的那個人會不會是我吧？」

她身體忽然一顫，看來是說對了。

赫蘿已經活了數百年，短短幾年、幾十年只是白駒過隙。人類的一生，對她而言有如泡影。就連羅倫斯偶爾也會想，自己是不是其實正在馬車貨台上打瞌睡，這幸福無比的每一天都只是一場夢。

而且，洞穴中那具遺體怎麼看都是個旅人，手上還拿著畫滿了狼的羊皮紙。

那已足夠讓容易胡思亂想的赫蘿覺得那說不定是種暗示。

而這也能解釋當初赫蘿來旅館找人時的表情。

「妳還是老樣子。」

羅倫斯笑著這麼說，讓赫蘿抬起頭，尖銳地瞪過來。依然是滿面淚痕，嘴唇扭曲的臉。

「這樣事情就單純了。讓妳最害怕的，是那把刻印鎚吧？」

赫蘿睜大眼，惹來羅倫斯的苦笑。

「喂，相信我一點好不好？」

平常再怎麼像隻呆頭鵝，和赫蘿相處了那麼久也大概能了解她的思考模式。

可是赫蘿立刻揪起臉，小聲說：「大笨驢。」

「放心，我們拿著太陽圖樣的刻印鎚在北方地區東奔西跑，在千鈞一髮之際總算成功。絕對沒有失敗以後躲到洞穴裡，就這樣死在裡面。」

赫蘿再度濕了眼眶，低下頭去。

其實，那是真的有可能。那場大冒險就是那麼危險。

假如關於德堡商行發行銀幣的冒險失敗了，羅倫斯十分可能有那種下場。

無處可去又求助無門的羅倫斯只好和赫蘿一起躲在洞穴裡過活，慢慢等死。而赫蘿肯定會守在屍體旁很長一段時間，甚至遺忘自己為何留在洞穴裡。最後分不清昏沉之際的夢境與現實的界線，以為夢中世界才是現實。

的確是有這種可能。

「可是，我沒死。我們真的成功了。」

幸虧有好運，以及赫蘿。

羅倫斯將嘴貼上赫蘿耳根，聞她的髮香。

那有如乾麥稈，勾起許多回憶的香氣，的確是懷中赫蘿的氣味。

「妳來會議所看他們吵架，是想知道旅人的名字是不是克拉福．羅倫斯吧？」

幾番躊躇後，赫蘿埋著臉點點頭。

「……」

傻丫頭。羅倫斯抿住嘴，不說出來。

臂彎下，赫蘿正瑟瑟發抖。

壽命與人類不同，肯定是讓她活在截然超乎想像的世界中。

赫蘿明知這點，好幾次想要抽身。

既然是自己抓住她的手不放，就該負起責任給她幸福。

羅倫斯這麼想之後，往稍遠處望去，思考自己現在能做些什麼。擁她、吻她，在暖爐前陪她喝溫蜂蜜酒，是隨時都能做的事。有沒有什麼，能讓唯有自己能給赫蘿幸福的想法更加堅定？

羅倫斯在雜木林望著村子，默默地想。真希望能進入赫蘿的夢，替她趕走所有恐懼，而這忽然給了他靈感。

「對喔，這樣就行了吧。」

赫蘿在懷中抽動。

羅倫斯用力摸摸她的頭。

「赫蘿啊。」

彷彿要去散步的開朗語氣，讓難過的赫蘿也抬起頭來。

「我是沒有辦法證明現在這不是夢啦。」

這麼說的同時，羅倫斯一手摟住依然不安垂眉的赫蘿肩膀，一手托住膝蓋後方，將她像公主一樣抱起。

赫蘿睜圓了眼，不知道這是什麼情況。

「夢就夢吧，我來讓它變成好夢。」

不知是吸鼻子還是嚥口水，赫蘿喉嚨抽動一下，沙啞地問：

「……汝要做什麼？」

「很單純的事。」

羅倫斯輕吻她的眼角，說道：

「把討厭的東西埋起來就行了。」

◇◇

即使是夏季，氣溫也會在入夜後驟降。再加上樹木散發的水氣，呵出的氣都有點白。

『汝……真是隻大笨驢吶……』

恢復狼形的赫蘿難得沒勁地這麼說。

羅倫斯摸摸赫蘿頸部的毛，調整肩上鋤頭的位置。

「偶爾幹點傻事也不錯吧。」

『……』

看來狼也有傻眼乾笑的表情。

『哼，大笨驢。』

赫蘿用鼻尖輕頂羅倫斯的頭，尾巴開心地搖，讓他笑了出來。

「那麼，這裡拜託你們顧啦。」

赫蘿變成狼，因遺體一事暫留村裡的阿朗和他妹妹瑟莉姆當然不會沒察覺。兩人躲在旅館角落偷看，結果還是被羅倫斯發現，不好意思地走出來，點點頭。

「我們走吧。」

『嗯。』

赫蘿和羅倫斯在半夜要去的地方，正是那個洞穴。

因為手上抓著畫滿狼的羊皮紙，帶有狼紋刻印鎚的旅人遺體仍在洞穴裡。

那麼不如就親手把洞穴埋了吧。就算這一切都是夢，不去看會破壞美夢的事物就好了。

或許以前的赫蘿會無法接受這樣便宜行事的粗陋理論，非要找個能確定的方法。可是隨時光流逝，兩人的關係也有所改變。

赫蘿已經能相信羅倫斯的話，願意陪他幹傻事。

狼先一步帶路，羅倫斯孩子似的追逐她的尾巴。若在平時，夜晚走在森林裡只會令人心驚膽戰，有赫蘿陪伴就沒什麼好怕的了。

昂揚地走了一會兒，狼尾忽然逼至眼前，踩不住腳的羅倫斯一頭撲進毛裡。

「哇噗！喂，赫——」

這句話被尾巴從頭壓斷了。

『有人。』

赫蘿低吼似的說。

羅倫斯緊閉著嘴爬出毛叢，凝目遠望。

樹林另一邊很遠的地方，有小小的火光。

『看來……傻子不只是咱們倆吶。』

「怎麼了？」

赫蘿露出一邊牙齒，大概是苦笑。

『應該是幾個人覺得爭下去沒有結果，想直接用行動解決，結果撞在一起了。』

羅倫斯無言以對，只能唏噓地笑。

『怎麼樣？要咱跳出來裝作森林的使者嗎？』

赫蘿低下頭，撒嬌似的用眼下部位磨蹭羅倫斯。

意思是她現在什麼傻事都肯幹吧。

羅倫斯摸摸赫蘿那張滿是毛的臉，「嗯……」地思考。

「應該會很有趣啦……可是那樣做的話，這裡也要變成奇蹟名勝了。」

『這樣不好嗎？』

「在那邊吵的人一定會說奇蹟在他眼前發生，這裡應該讓他來管，問題絕對只會更多。」

『唔……』

赫蘿不滿地搖搖尾巴。

「可是，真想不到竟然有這麼多人想趁半夜搬走遺體……這樣葬禮只會拖更久啊。」

赫蘿的大眼睛慢慢眨動，然後瞇起來。

『如果有靈魂的話，直接問他就行了吶。』

「真的是這樣比較快。」

羅倫斯笑著同意，但笑聲忽然止住。

「直接問靈魂？」

『……怎麼，汝的耳朵比咱好嗎？』

赫蘿歪起頭，用足以給小孩躲雨的大狼耳蓋住羅倫斯嬉鬧。羅倫斯覺得自己像隻老鼠而躲開，繼續思考。

「不……其實那個旅人的心願已經很明顯了不是嗎？」

『唔、嗯？』

「那麼……呃……」

可能是年紀大了，腦袋轉得很慢。停在差一步就能串起所有問題的地方。

赫蘿注視羅倫斯再往洞穴的方向看兩眼，轉回頭來。

『怎麼，汝想鑄貨幣嗎？』

那正是旅人的夢。鑄幣是領主權力的象徵。

「是沒錯啦。貨幣問題讓我們這麼頭痛，妳覺得是為什麼？」

赫蘿稍微縮頭，盯住獵物似的眯起眼。

『……咱可是賢狼赫蘿，別小看咱。隨便製造貨幣，會因為地盤問題惹出很多麻煩唄。』

「正是如此。再說，我們也沒有礦料。」

『把其他貨幣融掉不就好了？』

「喔，妳很聰明嘛。」

『……』

赫蘿頗為認真地用鼻尖頂一下羅倫斯。

「是我不好，是我不好啦。」

見羅倫斯道歉，赫蘿哼一聲說：

『大笨驢。再說，這應該還有一個問題唄。』

「嗯？」

『汝以前不也經常在提這件事嗎？』

羅倫斯仰望高大的赫蘿，請求開示般斜張雙手聳聳肩。

『錢帶不到那個世界去，所以要怎麼讓他知道夢想實現了吶？要像那個光頭說的那樣，來戰時那套嗎？鑄出貨幣一起下葬——』

就在這時。

羅倫斯在黑暗的森林裡見到了明確的光。

「就是它！」

忍不住大叫的羅倫斯突然被巨大物體壓在地上。

那是赫蘿的腳掌，而她也立刻壓低身子，注視火光。

『汝這大笨驢！』

「……對不起……」

兩人繼續觀察一會兒狀況，所幸沒人聽見。

『所以吶？汝想到什麼啦？』

趴地的赫蘿投來質疑的目光。

那大概是老是陪以為有錢可賺的伴侶吃苦頭，已經受夠了的眼神。

而她半笑的嘴，則是在期待他這次又要做什麼蠢事。

聽了羅倫斯的計畫後，赫蘿樂得猛搖尾巴。

只憑一己之力，這計畫就像畫在紙上的麵包，看得到吃不到。要把麵包拿出來，需要更多力量。於是羅倫斯先四處斡旋，做好準備。

隔天早上，他來到了依然亂哄哄的會議所。

「所以就像我先前說的那樣──」

「我也說過好幾次，那是不可能的──」

「你這樣鬼話連篇，代表你信仰──」

在眾人不厭其煩地爭論當中，羅倫斯幾個撥開人牆，向裡頭前進。

看熱鬧的觀眾、領主與其隨從，都以不明就裡的眼神看著他們。

沒人阻止他們，是因為那位老領主帶頭的關係。

「而且真正需要的是救贖那羔羊的靈魂──」

在聖職人員說得口沫橫飛時，老領主揚起長劍，連鞘一起拍在長桌上。原本爭得面紅耳赤，像沼地雁鳥伸長脖子鳴叫的人們，都閉上了嘴。

「沒錯，需要的是救贖他的靈魂。」

老領主的話，讓有如吞了石頭的其中一個聖職人員鼓起勇氣開口說：

「……可是問題就是到底該怎麼做……」

「怎麼做？」

被古戰場的老猛將一瞪，自認神的使者的聖職人員也要噤聲。

在老領主眼中，就連那些白鬍子的人都是兒孫輩的小鬼。

「該怎麼做，不是很明顯了嗎。」

老領主此話一出，擠滿人的會議所也鴉雀無聲。

「他為夢而生，為夢而死。那麼除了實現夢想以外，他還想要什麼呢？」

接著，他從懷中取出貨幣的刻印鎚。

「不、不行啊，這樣不妥！」

一名坐在綠墊椅子上的壯年領主錯愕地插話。

「別心急啊！那實在萬萬不可！」

其他領主也趕緊制止。就算聖職人員打成一團也不理不睬的人，一見到刻印鎚卻臉色發青。

因為他們都知道，使用這東西會讓問題加倍擴大。

「嗯？怕什麼？你們知道老夫要拿它做什麼嗎？」

身經百戰的老領主露出狐狸般的笑容。疑惑的領主和聖職人員們，這才想起老領主身後還有羅倫斯幾個跟著。

「做什麼？……慢著，是那些旅館老闆出的主意嗎？你們想給這村子帶來災厄嗎？」

「我們可沒這膽量。」

回答的是要為維持村落安寧盡一份力的議長。他也贊成羅倫斯的計畫，在村裡經營一所老字號的旅館。

「我們希望的，就只有來訪紐希拉的各位貴賓可以開心休息，其他什麼也不重要。在這份上，我們也想為那位旅人盡一份力。」

「問題不就在這裡嗎？要鑄貨幣，不就是因為現在貨幣匱乏？這可不是一石二鳥之計。別以為自己像德堡商行那樣隨隨便便就弄個貨幣出來。」

領主慌得像光想這件事就是犯罪，而回答的是老領主。

他趕蒼蠅似的搖晃刻印鎚，說道：

「誰說要鑄貨幣啦？我們可是神虔誠的奴僕啊。因此，我們要遵從神的教誨，實現故人的夢想。」

「呃，可是……這故人的夢想……不就是……」

老領主清楚答覆支吾其詞的聖職人員：

「當然就是用這刻印鎚和印板，讓他們的家徽廣為流傳。只要大家都把刻印鎚打出來的東西拿來用，一定能寬慰他在天之靈。」

老領主盛氣凌人的回答，讓年輕一個世代的領主們動怒了。畢竟他們也都是打出一番成績的一代領主。

「所以說問題就在這裡啊。刻印鎚不拿來鑄貨幣，難道要拿來擀麵團嗎？」

就在人們「是啊是啊！」地鼓譟的時候。

「這個嘛，八九不離十了。」

老領主的賊笑，削減了領主們的氣焰。

慣於征戰的老領主使個眼色，羅倫斯幾個便揭開手上籃子的蓋布。

「那、那是什麼？」

會議所頓時充滿奶油的香甜氣味。

「老夫對食物沒什麼興趣，不太清楚。不過據這位行遍天下的羅倫斯先生說，這是某小村落特有的乾糧，而我們給它加了一點工。」

羅倫斯捧著籃子來到諸位領主前，將內容物一一分給他們。

「這是……無發酵麵包？」

「不，不單純是無發酵麵包，根本是餅乾吧？」

「唔唔……和南方地區的餅乾又不太一樣……」

不愧是富裕的領主，認識不少食物。它的真面目，是用雞蛋與奶油較多的柔軟薄麵團烤出來的乾糧。

當然，領主們也很快就發現乾糧圖樣的意義。

「啊！這是用刻印鎚當模子做出來的乾糧貨幣嗎？」

「這麼一來，各位領主也沒話說了吧？」

「我們村子也不是烘焙公會。」

議長補充道：

「而這種事，不僅是村裡少數曾做過商人的羅倫斯先生的夢，各位也曾想過這種事一、兩次吧？」

接在議長戲謔的補充後，羅倫斯說出這句話的意思。

「我是真的經常想把錢當飯吃個飽呢。」

在座都是善於累積財富的人物。略帶黑色幽默的尷尬苦笑如浪花細碎響起，但他們臉上並沒有怒氣。

這時，老領主這麼說：

「老夫從前走過幾個戰場的舞台，追趕為追夢而生的人的背影。戰場上沒有充足的食物和飲水，更沒有神的護祐。從軍祭司好幾年前就在山裡走失，再也沒回來了。為死去的戰友祈禱並下葬這種事，是奢侈得想也不敢想。能匆匆挖個坑，灑杯酒、插一片肉乾當墓碑就不錯了。」

或許是戰爭話題的緣故吧，因戰績打響名聲的人們全都表情嚴肅地聽老領主說話。

「身為活過那個時代的人，老夫認為應該要盡可能實現故人的遺志，助他安心踏上新的旅程。」

領主們不約而同地離席以單膝高跪，表示順從。

事到如今，聖職人員們也不好再強辯。不和領主維持良好關係，等回鄉後恐怕就有麻煩了。

老領主沉著地靜靜等待聖職人員們反駁。

見到他們全都垂下眼睛後，他說：

「老夫決定效法戰場的規矩，將這位故人當戰友一樣下葬。諸位聖職人員——」

神的羔羊們揚起視線。

「就麻煩祝福這些陪葬的乾糧貨幣，讓它們能一起升上天上的國吧。」

這讓他們面面相覷。

不是比誰比較偉大。

畢竟沒人知道誰的祝福會讓乾糧貨幣上天國，起不了源自虛榮與固執的爭吵。

「這樣的話……好吧……」

聽了他們含糊的同意，老領主點了點頭。

「那麼話就說到這裡！快去幹活！」

「碰！」的拍桌聲讓所有人挺直背脊。

就這樣，發生在紐希拉的小騷動步入尾聲。

一行人扛著棺材大舉趕往旅人永眠的洞穴，其中也有幾個旅館老闆，但羅倫斯只是留下來目送他們。

昨天，他向老領主獻計而獲得其大力贊同這面後盾後，還挨家挨戶找全村的旅館老闆談這件事。光是這樣就要花上不少時間，他還漏夜叫醒掌廚的漢娜，並在阿朗和瑟莉姆協助下不停擀麵。等爐裡生起火，加熱印板和刻印鎚，在烤好的薄乾糧上蓋上烙印時，天已經全亮了。

疲勞重重纏繞在肩腰上，眼底陣陣刺痛。

想到年輕時為了賺錢能三天不睡，就不禁苦笑。

當多數人身影消失在山林裡後，他終於這麼說：

「回旅館吧？」

來會議所看情況的赫蘿點個頭，牽起羅倫斯的手，用指甲摳掉他怎麼洗也洗不掉的麵團渣。

「喂，會痛啦。」

赫蘿不回答，繼續猛摳他指甲縫裡的麵團渣。

「……妳要去參加葬禮嗎？」

這問題讓赫蘿的手指停住動作。

走了幾步，又摳了起來。

「不去。」

說得像小女孩賭氣一樣。

「也好。可怕的事就讓它在土裡安息吧。」

赫蘿哼了一聲，就像在說摳他的手停下來，單純是因為膩了。

接著，兩人默默穿過紐希拉的村子。平時鬧哄哄的路上沒人，非常安靜。彷彿之前葬禮那些爭執全是一場夢。

「妳怕睡著嗎？」

赫蘿身子一繃，停住腳步。

揉了整晚麵團還喝了酒卻沒有睡，原因無他。

完全是因為害怕睡了，就會從這場夢中醒來。

所以才來到羅倫斯身邊。

這讓羅倫斯莞爾一笑，繞到赫蘿面前，手探進上衣口袋。取出的是烙有狼紋的薄乾糧。

「拿去。」

羅倫斯將乾糧送到赫蘿嘴邊，赫蘿嫌惡地別開臉。

他便聳聳肩，將乾糧撕一半自己吃。

「剩下的妳拿去。」

羅倫斯將另一半乾糧塞進赫蘿脖子上那用來裝麥穀的小袋。舊的麥穀袋給女兒繆里當護身符了，赫蘿用的是新袋。

赫蘿沒有抵抗，但是用「汝這是做什麼？」的眼神盯著他。

「有了這個，就算妳醒來以後發現自己其實是孤單地睡在麥田裡——」

聽到這裡，赫蘿睜大眼睛，表情錯愕。

羅倫斯傷腦筋地笑，雙手夾住她的臉頰說：

「到時候，妳只要跟著這個乾糧的味道走就對了，那樣一定找得到我。」

赫蘿注視羅倫斯，見到他的笑容，淚珠就滴滴零落。

也許是她到這時才總算想起自己的賢狼之稱吧。

有亞麻色頭髮與同色獸耳獸尾的赫蘿深吸口氣，擠出笑容。

「那不要放乾糧，給咱辛香料唄。」

「因為那樣比較好吃嗎？」

赫蘿噗哧一笑，緊抱羅倫斯。

羅倫斯也擁抱那嬌瘦的身體說：

「來，回旅館吧。回到我們一起蓋的旅館。」

赫蘿猛搖尾巴點點頭，握住羅倫斯的手。這次已經不是有話想說的握法。

兩人併著肩，齊步前行。

在這紐希拉短暫的夏天。

仰首一望，頭頂上是令人著迷的藍天。

狼與收穫之秋

沙、沙的聲響，使羅倫斯醒來。

原以為是下雪了，但紐希拉的夏季再怎麼短，也不會來得這麼快。

睜開眼睛，羅倫斯逐漸清晰的視野見到赫蘿正在梳尾巴。

「梳尾巴的聲音啊……」

要是下了雪，旅館的工作轉眼又要加重了。羅倫斯鬆了口氣，放鬆微抬的脖子。

季節剛進入初秋，夏季的泉療客才走完。這時候多得是時間為冬季作準備，還可以睡個回籠覺，非常寶貴。

「梳掉的毛要記得丟喔……」

羅倫斯將被子拉上肩，翻身背對赫蘿。

就在他任憑急湧的睡意淹沒，要消除累積一年的疲勞時——

「喏，汝啊。」

一團輕盈的皮草掉在臉上。當然，那不是禦寒用的兔毛。

感覺無疑是上等毛皮，卻與鹿毛和兔毛等專食草樹嫩芽的野獸不一樣，不過沒有狐狸那麼粗，也沒有熊毛那麼硬。

那是柔韌滑順，有如原上清風的狼毛。
然而平時再怎麼誇、再怎麼疼愛，現在也只會妨礙人睡覺而已。
「唔……做什麼啦……」
羅倫斯略為冷淡地撥開狼毛，結果接下來是一隻手拍在他臉頰上。
「今天不是要去撿栗子嗎？」
「中午再去就好啦……」
撥開尾巴就算了，撥手會惹赫蘿生氣。這點羅倫斯早已學乖。
所以他幾乎是下意識地抓起貼在臉上的手，指頭穿過指縫扣住，最後輕吻一下……在這之前卻輸給睡魔，開始打鼾。
獨留床邊的赫蘿嘆口氣，甩甩尾巴。
「大笨驢。」
然後也鑽進被窩裡，抓住羅倫斯的背。
季節剛進入初秋。
這是個全村靜謐，瀰漫慵懶氣氛的早晨。

羅倫斯對掌廚的漢娜，和來到旅館不足一年卻從雜務到記帳一手包辦的瑟莉姆交待一些事情後就離開旅館。回籠覺睡過頭，都快中午了。紐希拉的白天特別短，一轉眼就要天黑。

將裝滿午餐要吃的麵包和烤醃肉的袋子提上肩後，羅倫斯再背上用來裝樹果、蕈菇的折袋，以及路上飲水和葡萄酒的皮袋，活像個徒步的旅行商人。

而快步走在前頭的赫蘿則是一身輕盈，忙著用細枝逗蜻蜓。

「這樣會不會不太公平啊？」

羅倫斯邊調整行囊位置邊這麼說，而赫蘿一臉茫然地轉過頭來。

「什麼不公平？」

她裝傻的樣子實在太過純真，讓羅倫斯只能嘆息回答：「沒什麼。」

赫蘿纖細的肢體彷彿長了翅膀，在森林裡走得輕快無比。她外表雖是十幾歲的少女，實際上卻是宿於麥中，已經活了好幾百年的狼之化身，當然擅長走山路。

她還有狼耳和狼尾巴，小小的身體蘊藏巨狼的力量。不時停下來嗅一嗅，不需回頭往羅倫斯看一眼，就拿手上細枝敲敲樹根，指指方向，把他當僕從般使喚。

而每當羅倫斯往她所指的方向找，大多會找到肥美的蕈菇。有一次是野鼠的巢，看到一家子擔心地抬頭望。羅倫斯便留下一片蕈菇，替赫蘿的惡作劇道歉。

「妳心情還真好。」

羅倫斯打開背上袋子，邊摘蕈菇邊笑著這麼說。

旅館有外人，得用三角巾和纏腰布遮掩狼耳狼尾，備受壓迫。現在她可能是重獲自由，感覺很暢快吧。夏天客人很多，得分配給赫蘿的工作也跟著增多。今年還在工作當中發現從前逃離戰亂，最後亡於這片土地的旅人遺體，引起一點小風波。看來在當時喧囂已不復見的現在，她已能打從心底享受這秋高氣爽的晴天了。

說起暢快，羅倫斯也不遑多讓。

往年，他們身邊還有個獨生女繆里。天真爛漫的她有如太陽的化身，進了森林就如小狼似的橫衝直撞，跌跌跑跑，最後哈哈大笑。想吃毒菇比膽量的事，還不只一次兩次。

今年不必為繆里暴衝窮緊張，甚至可以一邊看松鼠在樹枝上啃樹果，一邊悠哉漫步。

不過，羅倫斯其實非常喜歡那種令人傷腦筋的吵鬧氣氛。

他的獨生女繆里追著當哥哥傾慕的寇爾下山旅行已經半年有餘。羅倫斯猜想，自己擔心他們或許不只是因為天下父母心，也是想重溫那消失的喧囂吧。

這麼說來，赫蘿在羅倫斯憂心忡忡地再三反覆閱讀繆里寄來的信時總會笑他傻，也是有她的道理。

因為走在前頭的她表現得這麼開朗，八成是想替羅倫斯填補這段缺失。

「……喔不，我太瞧得起自己了。」

前頭，赫蘿和一隻似乎離巢沒多久的年輕狐狸模擬獵蛇的動作。引以為傲的尾巴沾上許多落葉，她也樂得咯咯笑。

「嘿咻。」

這或許就是她厲害之處吧，大至紐希拉八方山嶺，小到野鼠巢穴位置，赫蘿是無所不知。在她的帶領下，邊玩邊走也能不知不覺地裝滿一整袋。照這樣看來，說不定到了栗子林都沒力氣撿了。

於是羅倫斯趁早喊休息，而赫蘿像個林中妖精，指向森林深處。

那裡有處因老樹倒下而形成的廣場，太陽照得進來。倒木旁開了一朵花莖細長的淺紅色美麗小花，羅倫斯坐在上頭解下行囊，裡頭滿滿都是蕈菇，多到可以擺攤了。

「來，喝點水。」

當他坐在倒木上準備午餐時，原本跑得不見蹤影的赫蘿拿著皮袋回到他面前。

看來是找個池塘打新鮮泉水來了。

「啊，謝謝。再等一下，午餐馬上就好。」

「嗯，肉要多一點喔。」

語氣中甚至沒有一點戲謔。赫蘿站在羅倫斯身邊，舒爽地瞇起眼，望著隨風搖曳的樹林這麼說。

羅倫斯莞爾一笑，開玩笑似的在麵包裡塞了快滿出來的肉，交給赫蘿。

赫蘿驚訝得瞪圓了眼，然後笑呵呵地收下。

秋天的森林是最豐富的糧倉，但說不定比積滿深雪的冬天還要危險。畢竟人類愛吃的東西，對其他動物而言也是美食。

在赫蘿孩子似的撿了成堆栗子，根本背不回去而開始挑揀未遭蟲吻的部分時，事情發生了。啪嘰。小枝折斷聲使羅倫斯回頭一看，見到正後方有頭遠高於他的大熊。要是牠一掌打下來，當場就會沒命。羅倫斯停下手，盯著牠烏溜溜的眼睛看。不久，赫蘿回來了，她搖著尾巴說：

「有事嗎？」

身為人類的羅倫斯不懂林獸的想法，但狼的化身赫蘿就懂了，而羅倫斯懂她的想法。所以只要看赫蘿的表情，就能大致看出對方的來意。

從赫蘿平靜的笑容看來，那多半是個規矩的熊。

「想吃栗子嗎？這堆被蟲啃了，隨便汝吃。愛拿多少回去都可以。」

熊短短嘆息似的「吼呼」一聲，鼻子鑽進羅倫斯他們挑出來的有蟲栗子堆，大口啃了起來。

赫蘿打趣地看著熊吃栗子，而熊忽然想起些什麼般抬起頭，而赫蘿馬上把皮袋送進牠嘴裡幫牠灌水。

「今年的蜂蜜怎麼樣？足夠過冬嗎？」

酷愛甜食的赫蘿，要向森林的居民詢問蜜蜂動向。愛吃蜂蜜的熊似乎不太想告訴她，顯得有些猶豫，最後還是以「看在赫蘿面子上」的表情呼呼鳴鼻。

「嗯……明年春天白鳥峰那邊應該很有看頭喔。」

赫蘿對山林知之甚詳，附近獵人或樵夫皆難以望其項背。利用她豐富的知識採集食物，當然是事半功倍，但美中不足就是採集、捕捉和加工處理全都會丟給羅倫斯。尤其是摘蜂巢，更是令人敬謝不敏。

於是羅倫斯對熊使眼色，要牠少說一點蜂巢的地點。

隨後，熊湊到赫蘿耳邊不知說了什麼，讓她耳朵豎了起來。

「什麼！有滿滿的越橘？」

她看來是得到了小道消息。羅倫斯抬頭，見到天色已經轉黃。

「汝啊！摘越橘啦！」

赫蘿表情急切地拉扯羅倫斯的袖子，但他挑栗子的手沒有停下。

「天就快黑了。我們有栗子也有蕈菇，下次再摘吧。」

「大笨驢！動作不快點就要被吃光啦！」

大熊在赫蘿面前乖得像孩子一樣，但赫蘿聽到食物卻反而會變成孩子。

「才等一天，沒那麼快吃完吧。除非有好幾隻貪嘴的狼。」

若是往年提到這種話題，他兩條袖子都會被扯。

賢狼在右，獨生女繆里在左。

「那就明天摘！絕不能爽約啊！」

真是的。羅倫斯嘆著氣點頭答應。這種時候，也不能說「這麼想吃不會自己去摘」這種話，因為赫蘿就是想要一起去。

況且，羅倫斯也曉得自己喜歡看她這樣耍任性，只好乖乖認賠。

「說到這個越橘嘛，用砂糖醃一點寄去給繆里好了。」

羅倫斯的呢喃，使赫蘿的耳朵抽動幾下。

「那丫頭想吃東西會跟寇爾小鬼討，不需要那麼寵她。」

赫蘿在繆里面前還頗有母親的架式。可是一扯到食物，兩人搶得就像年紀相近的姊妹一樣。

提到繆里的名字，讓羅倫斯有點後悔，但不是因為被赫蘿打回票。

嘴巴一開，堆在心裡的話也洩了出來。

「他們最近都沒寄信來……不曉得好不好。」

「人家不是說沒消息就是好消息嗎？」

「或許是這樣沒錯啦……」

胸懷大志的寇爾，與將他當哥哥一樣傾慕的繆里，似乎在旅行途中所到之處都是風波不斷。

雖覺得他們一定能化險為夷，但擔憂的火苗就是熄不了。

繆里總歸是羅倫斯的寶貝獨生女，即使是忠厚老實的寇爾陪著她，他們仍是孤男寡女。就在各種不好的想像一個個冒出來時，腦袋被拍了一下。

轉頭一看，赫蘿正白眼看他。

「受不了，汝還是老樣子。」

儘管明知赫蘿說得沒錯，羅倫斯還是懊惱不已。見狀，赫蘿無奈地摸摸熊的脖子說：

「真是的，雄性都這麼傻嗎？」

看來這頭熊是母的。旅館也是一晃眼就變成三女一男，讓人有點放不開。羅倫斯拋開蟲啃過的栗子，拍拍手站起來。

「差不多該回去了。」

聽他這麼說，赫蘿拍拍熊的頭，準備啟程。與來時不同，她主動背上了幾個袋子。袋子在瘦小的她肩上看起來很重，但她沒有變回狼形的意思。

腳步搖晃的她，緊緊握著羅倫斯的手。

不管她怎麼耍任性，這樣就足以獲得羅倫斯的原諒。

「話說，今兒個晚餐吃什麼呀？」

羅倫斯無奈苦笑，一面和赫蘿聊美食經，一面順森林步道回村。

此刻是最美妙的季節中，最美妙的時光。

羅倫斯享受著與赫蘿閒話家常，但忽然發現赫蘿表情一沉。

距離旅館只剩下一小段路。

「怎麼了？」

「唔……」

赫蘿凝視著路的另一頭，旅館的方向。

鼻子嗅得窣窣有聲，耳朵神經質地碎動。

「旅館怎麼了嗎？」

最糟就屬火災，不過這樣赫蘿早就變狼衝過去了。也不太可能是有人闖空門，被人撞見而打了起來。畢竟看家的漢娜跟瑟莉姆都不是人類，即使盜賊集團闖進來也應該能趕出去。

這麼說來……

「該不會是繆里回來了吧？」

羅倫斯說得腳都要飄起來，讓赫蘿的視線回到他身上，苦笑道：

「大笨驢。不過，雖不中亦不遠矣。」

赫蘿無視於摸不著頭腦的羅倫斯，調整皮袋位置，有點不太高興地說：

「不曉得是怎麼回事，有好多種野獸的味道。」

會是巡迴旅行的馴獸師來投宿嗎？

如此猜想的羅倫斯回到旅館時，見到一組全是生面孔，近十人的旅客。這樣在淡季出現，又沒有事先預約的團體客十分少見。不久，他在旅客當中發現表情為難的瑟莉姆。

這是因為——

「咦……全都是？」

這離峰時段來的客人，竟然全都是非人之人。

這群人總共是由馬、綿羊、山羊、牛、兔、鳥、鹿組成。其中有兩個是外表略比赫蘿和瑟莉姆年長的少女，而這些女性在旅途上當然都是作修女的打扮。

他們各自自我介紹後，紛紛恭敬地問候赫蘿和瑟莉姆，也和羅倫斯寒暄不少。

從他們衷心喜悅的表情，能明顯看出並不害怕赫蘿和瑟莉姆這兩頭狼。最後向羅倫斯問好的高大鹿先生，更是用他兩隻大手抓住羅倫斯雙肩說：

「我一直都好想來這溫泉旅館看看啊！見識這個為我們這樣的人而建的旅館是怎麼樣！」

羅倫斯眼神為之游移，赫蘿也愣了一下。只是當著鹿先生的面，也只能深表同意似的陪笑。

「哎呀，能來到這裡真是一償宿願啊。這裡每一個人聽到我的邀約，二話不說就答應了。只是我們都不習慣長途跋涉，實在吃了不少苦頭。哎，沒什麼比這更讓我高興的了！」

最後還來一個熱情的擁抱。

羅倫斯一下「是喔」一下「辛苦了」地含糊應聲，在心中重複鹿先生的話。

為我們這樣的人而建的旅館？

「承蒙各位這麼看得起小店，我也是榮幸之至……各位是從哪裡聽說小店的呢？」

這麼問，是因為他們都不曾來過，而這裡雖不是只接有人介紹的客人，但新客幾乎都是舊客介紹來的。

回答的是一個矮矮胖胖，說不定是酒館老闆的山羊先生。

「也不是從哪聽說，貴店的名號在我們所住的南方本來就很響亮。是這麼說的，遙遠的北方有個可以避開一切紛爭的溫泉鄉，還有間連我們也能夠不必忌諱人類耳目的溫泉旅館，其名為——」

『狼與辛香料亭！』

其餘的所有人像是約好了似的齊聲高呼。

八成是在漫長旅途中，一有機會就圍著火堆聊旅館的事。

羅倫斯十分能體會他們那當下的興奮，心裡滿是喜悅。

正因如此，也感到歉疚。

「原來如此……哎呀，實在感謝各位不辭千里而來。」

羅倫斯拿出前任商人、現任旅館老闆的風度，暫且包容所有疑問，展現最燦爛的笑容歡迎他們。並吩咐瑟莉姆為他們接風洗塵，安排房間。

最後望著難得的稀客陸續進入旅館房內，搔了搔頭。

赫蘿也在他身旁無奈聳肩。

「謠言總是傳得特別快呢。」

「而且傳著傳著都會走樣。大概就是這麼回事吧。」

羅倫斯唏噓地說。

可能是兩人在旅途上認識的人，和非人之人的朋友聊了很多旅館的事。聽過的人，也因為稀奇而告訴更多的人。一般客人的僕從之中，偶爾也會有非人之人。這些若無其事地服侍主人，以人類方式生活的人，大多會利用其化身為野獸的能力，在人世中立足。不過融入人類社會似乎仍是件困難的事，所以他們大多會將赫蘿的存在視為希望與幸運的實例。

不難想像他們聊起這間旅館時會如何地誇大。

然而說成非人之人可以自由遊憩的旅館，也未免太過火了。

「現在這時候沒其他旅客時還好啦……」

「要是冬天來就頭痛了。」

非得在狹小的溫泉旅館裡避人耳目的屈就感，是赫蘿不滿的泉源之一。

「就算可能會害他們失望，我們還是老實說出旅館的實際狀況，再盡可能款待他們吧。」

畢竟他們都是懷著那麼大的期待來到這裡。然而聽了羅倫斯的想法，身旁赫蘿表情卻仍不明朗。

「怕生的毛病又犯啦？」

「大笨驢。」羅倫斯的調侃使赫蘿耳朵尾巴一膨，往他的腳踩下去。

然後毫不害臊地抓在羅倫斯身上說：

「……這關係到咱的顏面。」

赫蘿突來的一抱讓羅倫斯錯愕地回抱，不禁苦笑。

的確，狼是森林霸主，在那群草食動物的化身面前像個小狗一樣對人撒嬌肯定很丟臉。

雖然也能把那種事當作虛榮一笑置之，但永遠的少女可是有很多原則的。

「那我來對妳撒嬌怎麼樣？這樣就能保住面子了吧？」

羅倫斯的話讓赫蘿的耳朵豎了起來。

有點脫線的賢狼差點就中了羅倫斯的陷阱，在千鈞一髮之際成功閃避。

「大笨驢。這樣說不就像咱平常都在跟汝撒嬌一樣。」

不是這樣嗎？這種話說出來會被咬。

羅倫斯放鬆肩膀笑了笑，牽起赫蘿的手輕輕一吻。

「承蒙賢狼大人抬愛，小人不勝感激。」

「嗯。」

臣子之禮逗得赫蘿狼心大悅，不久兩人一起苦笑，回去準備款待客人。

紐希拉這個詞，在南方似乎已經是傳說中的地名。

生於村莊或城鎮的人，大半一輩子都不會離開當地。就連跨足四海的水手，正常也只是從這片海岸到下片海岸，對該國整體的事幾乎一無所知。

如此而言，要到距離一個月路程的遠方深山溫泉鄉，沒人知道自己是否能活著回來，的確是堪稱世界的盡頭。

或許也是因為如此，當消息傳到離峰時段旅客所居住的土地時，肯定是經過重重加油添醋，與事實差了十萬八千里。

「兩位在教會都市留賓海根留下的故事，也讓我們羊的化身與有榮焉。羅倫斯先生和赫蘿小姐，與傳說中的黃金羊聯手，徹底顛覆了那個混帳教會的黃金獨占貿易呢。」
羊先生這麼說。
「我也聽說過兩位在雷諾斯的精彩表現，感覺痛快極了。兩位見義勇為，花大錢買下毛皮，硬是改變了皮草的交易方式，真了不起。」
這是鹿先生說的。羅倫斯幾個所圍坐的暖爐前鋪的就是鹿皮，讓人坐立不安。
「不過不過，最早的故事才是最打動我們的心。就是忘恩負義的帕斯羅村要反咬赫蘿，最後羅倫斯先生用真愛擊敗了他們的故事！聽說您還花了幾萬銀幣僱傭兵？」
「不是那樣。羅倫斯先生是用全部財產向壞商人買回赫蘿小姐寄宿的麥稈堆──」
「怪了，我聽說的是──」
可以猜得到他們誤會的原本都是些什麼故事。
羅倫斯只是苦笑沒說話，而最在意的還是赫蘿。
偷偷一瞄，發現正在喝葡萄酒的她用「咱不會這樣就生氣」的眼神看過來。
「羅倫斯先生，實情究竟是怎麼樣？」
或許是酒意和漫長旅程總算結束的亢奮，客人們一個個逼上來，嚇得羅倫斯有點驚慌失措。一旁，赫蘿則是被女性們夾在中間。
「您和羅倫斯先生的情史非常有名喔？」

「據說最後是尾巴色澤迷倒了他，這是真的嗎？」

光是想像赫蘿會怎麼回答就夠可怕的疑問，一一傳入羅倫斯耳裡。

動眼一看，赫蘿只是賊賊地往這裡瞄。

「羅倫斯先生！今天可要陪我們聊到天亮喔！」

客人們圍繞沒有肉的蕈菇鍋，啤酒杯一碰再碰。

羅倫斯小心地敘述他與赫蘿的旅行，以免破壞他們的憧憬。那都是些老掉牙的大冒險，如今已不太重提。

同時，從他們口中聽說途經城鎮的最新版本也是一種樂趣。

其中最驚人的是，他們不知從哪聽說了艾莉莎的事，甚至去過她磨麵粉所居住的小村莊。艾莉莎的父親收藏中有關於古代故事的書，也足以構成他們造訪的理由吧。

這麼想時，有人遞東西給羅倫斯。

那是這群面相和善的人之中，唯一有副精悍臉孔的馬先生。

「羅倫斯先生，這是我受託的東西。」

遞出的是一封信。

「這是？」

「艾莉莎小姐給您的信。」

「艾莉莎小姐？」

「我怕喝多了誤事，所以先交給您。」

馬先生雖是開玩笑，不過還真的有人已經倒在地上呼呼大睡，瑟莉姆也裹上了毛毯。羅倫斯道聲謝，收下書信。

艾莉莎是個老實的女孩，當時拚命守護父親所留下的教會。在羅倫斯無法為增進與赫蘿的關係而踏出最後一步時，曾痛斥既然愛她為何不肯伸手爭取，是個大恩人。突來的稀客應該讓她嚇了一跳吧，但她還是規矩地寫了封信託他們送。知道她沒變，實在教人開心。

「謝謝你。」

「不客氣。我本來就是做這種工作的人，手上留著信，沒辦法安心喝酒。」

馬先生瞇眼而笑。應該是馬的化身腳程快，所以選擇這項工作吧。信差是比商人更重視信用的工作，長相精悍的馬先生在個性上也一定很合適。

羅倫斯看著艾莉莎的信，不禁自問是否能請他送信給寇爾和繆里。

最近信來得少，不太清楚他們正在哪裡做什麼，送信又需要煩勞很多人，相當猶豫。若是這位馬先生，可能會爽快且誠實地將信交到他們手上。

然而，提出這種要求不曉得又會被赫蘿念些什麼。

就算不會，這場舊事重提的宴會本身，在赫蘿看來肯定是不怎麼好受。赫蘿曾經覺得，自己希望羅倫斯別再作旅行商人，找個地方安定下來，等於是親手扼殺了他的夢想。

再加上清閒的時段受到打擾，還是少撥亂赫蘿的心池比較好。

這麼想之後，羅倫斯將艾莉莎的信與想請對方送信的念頭收進懷裡。

「艾莉莎小姐的信，我確實收到了。」

羅倫斯的話使馬先生面露微笑，眾人拍手，又互相碰杯。

熱鬧的筵席，就這麼持續到深夜。

「唔……」

強烈的乾渴使羅倫斯醒來，發現自己不在臥室。眼前暖爐裡只有一塊大柴薪，冒著旺盛的火舌。肩上倒是多了條毯子。他站起身來，感到渾身關節都在痛。

從大廳已經收拾乾淨看來，羅倫斯察覺似乎只有自己睡到現在。

「啊，早安。」

正巧來到大廳的瑟莉姆手上拿著掃帚，早已開始工作。

羅倫斯難為情地搔搔頭，瑟莉姆體恤地苦笑。

「大家都在浴池那裡。」

「那赫蘿呢？」

既然她是單獨回房，今早一定沒好臉色。

而且身上這件毯子還沒有赫蘿的毛，表示她沒像平常那樣鑽進來一起睡。

同時，羅倫斯注意到毯子底下有張紙條。拾起一看，上頭是熟悉的笨拙字跡，寫的是「那封信好像很重要嘛？」這是在質問他怎麼抱著外頭女人的信睡覺吧。

她不會忘記艾莉莎的氣味，應該是開玩笑，但羅倫斯還略微惶恐地往瑟莉姆看。

「赫蘿小姐她也一起到浴池去了。呃……還抱了很多酒過去……」

進貨的事都是瑟莉姆負責。

會這樣說話，恐怕是牛飲到她會在帳簿前抱頭苦惱的程度吧。

「唔唔……我知道了，謝謝。」

「哪裡。」

瑟莉姆從羅倫斯手中接過毛毯，邊摺邊問：

「要喝水嗎？」

羅倫斯搖搖手回答：

「不用了，我先去洗個臉。」

瑟莉姆一早就代替不勝酒力醉倒的傻老闆工作，不能再煩勞她。她則恭敬地敬禮，繼續打掃大廳。

羅倫斯敲敲仍有點痛的頭，走向廚房，漢娜正在裡頭勤快地做菜。穿過廚房來到後院，打井水洗臉。

稍遠處的浴池，傳來愉快的談笑，讓人有點猶豫該不該到浴池露面。

一來被他們灌酒就沒法工作，二來可能會壞了赫蘿的興致，不會有好下場。

擦乾臉，羅倫斯回旅館裡打雜時，在走廊上遇到個人。正確來說並不是人，是昨天替艾莉莎送信來的馬先生。

在暖爐火光下，男性大多更添滄桑，女性則倍感嬌豔。雖然常有人被太陽一照就露出教人失望的原形，但馬先生的精悍在陽光下反而顯得受過琢磨。

不，這種想法是因為他鬍鬚剃乾淨，且衣裝筆挺的緣故。

「您早啊，羅倫斯先生。」

比起泉療客，更像是城堡裡的侍者。

也向他問早後，羅倫斯對他的衣著感到好奇，問：

「您平時都是穿這套服裝嗎？」

「不，我正要去工作。」

羅倫斯聽了很驚訝，而馬先生過意不去地說：

「所以，有件事想請教您。」

「我？請說。」

「對，我想麻煩您告訴我這間旅館在哪裡。」

馬先生從懷中取出的信封上，還有一段以封蠟固定的布巾。據說這是貴族間的文化，對象是重要人物時就會這麼做，而羅倫斯是第一次見。

布巾上，寫了紐希拉某溫泉旅館的名字。

「……我知道你為何穿得這麼正式了，那這封信是怎麼回事？」

忍不住問了以後，羅倫斯才想起會洩漏貴族信函內容的人根本幹不了信差，抱歉地苦笑。馬先生微笑著搖搖頭說：

「不要緊，無關政治。其實託我送信的貴族，還要我沿路散布信中內容呢。」

「咦？」

散布信的內容？

羅倫斯不明就裡地注視馬先生的臉，而他靜靜閉上雙眼，像個在街頭宣達領主政令的傳令官地說：

「各位鄉親父老請留步，在下奉羅珊王國薩巴布領領主之命，沿路傳頌這位海上勇者的故事。」

馬先生表情嚴肅，態度恭敬地雙手捧信，背桿挺得比他衣服上的折線還要直。

「這位勇者乘上神賜予我國的船勇闖七海，奉神之使命捍衛海上無數船隻，舉手投足無不充滿勇氣！」

聽到這裡，羅倫斯想起信要送到的旅館有過什麼事，也明白了這是什麼信。

那裡的老闆有個兒子受到來留宿的領主介紹而下山闖蕩。這村子對年輕人來說太狹小，外面的世界則為他廣開冒險與出世之路。

然而今天來的是這封信，送信的是有如精悍二字最佳形象的信差。

若是功成名就，他親自來報喜就行了。

羅倫斯默默注視馬先生。

「他英勇奮戰，最後蒙主寵召。我們羅珊王國，有義務讚揚他的光榮事蹟！」

後來，馬先生也在那間旅館的老闆面前說了同樣的話。

這消息應該是青天霹靂，不過送兒子出門時，他就有過一定的心理準備了吧。

老闆沒多久就抬起低垂的腦袋，拿出老闆的風度犒賞傳達要事的使者。

離開村子的年輕人，似乎是在沿海國家領了官職，成為見習海上騎士而上了船。一般除非是高等家臣過世，領主不會寫親筆信送回其故鄉，可見他戰功相當彪炳。

「另外，根據船員的規矩，令公子在船上的報酬必須交給您。」

馬先生從懷中取出裝滿銀幣的袋子交給老闆，老闆再度道謝，邀他進屋裡坐。羅倫斯再留下去也沒用，便對馬先生默默行禮，轉身離去。

今天紐希拉也是靜悄悄地，晴空萬里。

他在旅途中，也經常目睹不幸的發生，甚至有許多次他人乞求援助，卻不得不見死不救的狀況。他還以為自己早就學會了以冰冷面孔拒絕他人。

可是，秋風仍吹得他直打哆嗦。

不願失去的事物，增加太多了。

見到傳達訃聞的馬先生，讓他再度感受到這點。

羅倫斯就此快步返回旅館。

繃著一張臉，可不能執掌會湧出幸福與歡笑的旅館。

拍拍雙頰打起精神走進旅館後，眼前的景象讓羅倫斯看傻了眼。

因為赫蘿頭上蓋著濕毛巾，滿臉通紅地躺在大廳地板上。

「羅倫斯先生。」

說話的是兔先生。他外表有點喜感，若在城鎮裡見到了，或許會覺得他是一邊玩沙包，一邊向小孩兜售甜麵包的人吧。

或許也因為如此，他替咿唔的赫蘿用毛巾搧風的模樣，簡直像節慶時的喜劇一景。

「怎、怎麼了？」

「沒什麼，就是在浴池裡和赫蘿小姐拚酒，結果……」

結果喝得太多，被燙熟了。

替客人助興固然是件重要工作，但醉倒可就得不償失了。

「喂，赫蘿。」

看來赫蘿還有意識，一聽到羅倫斯叫喚就微微張開眼睛。在旅途中、開了旅館以來，她已經這樣爛醉過好多次。

「……水……」

看著那眼泛銀光，小聲呻吟的模樣，讓羅倫斯不禁嘆息。

「我來處理就好。」

即使這麼說，兔先生也認為自己讓赫蘿喝過頭有部分責任，顯得很過意不去，最後還是道個歉離開大廳。

羅倫斯再嘆一口氣，跪在赫蘿身邊拿起水壺。

完全空了。

「妳到底喝了多少？」

赫蘿張口想說話，結果打了個大酒嗝。

「乖乖躺好，我去打水。」

就在起身時，赫蘿說話了。

「……咱……贏嘍……」

羅倫斯錯愕一愣，最後失笑。

「招待客人的人，怎麼能贏呢。」

「……大笨驢。」

話剛說完，她又打了個大嗝。

羅倫斯唏噓地拿著水壺往廚房走。看赫蘿那樣子，今天的工作又要全落在瑟莉姆身上了。

昨天採的蕈菇，需要曬乾或鹽醃等處理，栗子也要在長蟲之前煮起來，泡進蜂蜜或曬乾磨粉。

想著想著，進了廚房後才發現裡面有群人捲起了袖子忙進忙出。

「喔，羅倫斯先生？」

「你們這是……？」

「啊，要水是吧。」

其中一人沒聽見他的疑問，一把接下水壺。

「哎呀，赫蘿小姐真能喝，連我們之中號稱千杯不醉的也一下子就輸了，現在倒在房間裡呢。」

那人就這麼哇哈哈地笑著往後院的井口走了。

羅倫斯愣在原處，不知道該怎麼對廚房裡備菜的人們開口。有的人在洗蕈菇，有的在磨岩鹽，有的仔細剝下栗子皮，有的滿身大汗地攪拌煮著蜂蜜的鍋。

這當中，漢娜威風八面地到處下令。

「漢娜小姐，這是怎麼了？」

漢娜聳聳她寬厚的肩，回答羅倫斯：

「他們說這是給灌醉赫蘿小姐賠罪。」

羅倫斯聽得嘴都歪了，擺出一副苦瓜臉，忙活的人卻是抬起頭，開心地笑了。

「因為赫蘿小姐贏了嘛。」

「這是約好的事。」

「哎呀，她酒量真是太厲害了。」

這些讚美應該都是真心話，不過事實明顯是赫蘿拿自己不喜歡的工作當賭注，和他們拚酒。這樣就有藉口白天喝酒，一舉兩得。

足見她自稱賢狼的狡詐之處。

「羅倫斯先生，久等了。」

接下水壺道過謝，羅倫斯補一聲：「意思一下就好了。」就離開廚房。

拿著透來冰涼水溫的鐵水壺，羅倫斯在走廊尋思。最後忽然想到些什麼，沒回大廳而直上二樓，見到兩個少女勤奮地掃著地。

「哎呀，羅倫斯先生，您好。」

感覺上，她們都是舉止優雅的人，只是在旅途上作修女打扮。外表比赫蘿年長，又沒有瑟莉姆那麼拘謹，像是城鎮慶典中會舉蠟燭吸引年輕人注意的女性。

記得昨天的酒席上曾提到她們是姊妹。

「……兩位該不會也和赫蘿賭了吧？」

兩個女孩面面相覷，愉快地微笑。

「我們本來就是不找點事來忙就渾身不對勁的人啦。」

她們雖穿著長袍，卻捲高了袖子，下襬粗魯地拉起，綁在膝蓋高度。這般隨性的感覺很健康，同時露出的腿又細又長，顯得青春洋溢，讓羅倫斯看的小鹿亂撞。

幸好赫蘿在樓下睡覺。

片刻，兩位少女掃完灰塵，滿意地望著走廊說：

「聽說還需要掃煙囪的煙灰，還有暖爐裡的柴灰。」

「銀器需不需要擦？我很喜歡磨亮東西喔。」

「我們一路上都閒到發慌。哎，終於能掃個痛快了。」

這開朗的兩人和赫蘿跟繆里都不同，似乎是真心喜歡工作。

而且她們不僅將走廊擦得亮晶晶，也知道要開點窗換氣。動作如此迅速確實，似乎很慣於打掃大房子。喜歡擦銀器，讓羅倫斯想起她們是鳥的化身而感到理解。森林裡的鳥巢每個都是體面又漂亮，鎮上有人珠寶失竊，也會先從附近樹上找起。

可是讓客人打雜感覺還是怪怪的。想到應該做這工作的人喝得酩酊大醉，又更過意不去了。不過既然她們覺得與其閒著不如工作，隨她們高興或許才是正確選擇。畢竟旺季過去，村裡一個樂師、舞孃或雜耍員都沒有，沒得消遣。

羅倫斯苦思一會兒，最後這麼問：

「……這樣真的好嗎？」

兩名少女對看一眼，相當雀躍地回答：「那當然。」

扣除和赫蘿拚酒而醉倒在客房裡的兩人，旅館一次得到八個勤勞的幫手，變成一場意外的大掃除。

原本是羅倫斯該做的粗活全由他們分擔，瑟莉姆需要做的事情少到能經常看到她無所適從地到處晃。最後她發現記帳只有她能做，便回到帳台核對收支帳目了。

羅倫斯在客廳坐在赫蘿身邊，一面看著這些人一面撥火。赫蘿的醉意似乎退了不少，表情不再痛苦，發出舒爽的鼻息。當著眾人的面睡成這樣，也不用談什麼顏面不顏面了。

替她拉起因翻身從肩上滑落的毛毯，撥開黏在臉頰上的髮絲，狼耳癢癢地抽動幾下，她又繼續打鼾。

雖然她有機會喝酒絕不放過，同時推卸麻煩工作的歪腦筋也教人不敢領教，這樣睡著以後倒還挺可愛的。

客人們在閒暇時大批來到，原以為要一路忙到冬天去呢。說實在的，這是得感謝赫蘿的歪腦筋。

因為他們努力工作，自己也會有更多時間和赫蘿相處。

羅倫斯對赫蘿傻呼呼的睡臉微微笑，視線轉向暖爐。早上下的一整根木樁依然是慢慢地燒著，有種會永遠燒下去的感覺。

這裡是紐希拉，由泉煙與樂器旋律所守護的寶地。幾百年來不曾受大亂波及，為人們提供溫泉與歡笑。有人稱這裡為夢幻之地，也有許多人為實現這稱號而努力。

不過，在這裡也不可能擺脫所有現實。

羅倫斯嘆息，是因為明知如此，雙眼卻為泉煙所蒙蔽。噩耗總是說來就來，會有個服裝筆挺，長相嚴肅的使者用戴著白手套的手開啟信封，朗讀訃聞。除了聆聽以外，能做的頂多只有搗起耳朵吧。想到這裡，羅倫斯往睡得正甜的赫蘿看。

赫蘿害怕的命運，就是這樣的東西。

寒風會從泉煙另一頭突然吹來，而且專挑穿厚衣禦寒的習慣早已淡去的時候。

羅倫斯默默注視自己的手，忽而想起艾莉莎寫的那封信。

他抽出在懷裡放到現在的信，開封來看。

劈頭就是拘謹的問候文，讓她那張有雙美麗的蜂蜜色眼睛，卻總是心事重重的臉孔立刻浮現眼前。然後是平淡的近況報告，說她生了第三胎。

最後是期待下次再會。

短短的一行話，肩負了這封信大半的意義。

可能是因為訓起話來滔滔不絕的艾莉莎，平時不太會說話的緣故吧。

期待下次再會。

在寒風吹枯每棵樹之前。

「唔～～……」

赫蘿的呻吟讓羅倫斯回過神來。

翻身時臉撞上羅倫斯的腳，因而清醒。

「怎麼，是汝啊……」

「以為是一大塊烤肉嗎？」

羅倫斯苦笑著以指背撫過赫蘿的臉頰，尾巴在毛毯底下晃了兩下。

原以為赫蘿抬頭要爬起來，結果她直接靠到羅倫斯腳上，蠕動著調整舒服的姿勢，看來是一丁點起來工作的念頭也沒有。

雖然最後旅館的事務進展是比赫蘿動手快了好幾倍，不過那單純是她歪腦筋的結果。這麼放縱赫蘿實在不太好。

羅倫斯嘆一口氣，手往赫蘿背上伸，要叫她起來時——

「信上寫什麼呀？」

手停下來，是因為赫蘿的聲音比想像中清醒得多。那是沒有一絲醉意，賢狼赫蘿的聲音。只是她的態度並不像是因對方是女性。再說，赫蘿也很清楚艾莉莎是個多麼循規蹈矩的人。

羅倫斯放鬆要推赫蘿的手，放在肩上。

「前面是敲也敲不破的死板問候。」

一口氣後。

「最後說期待下次再會。」

以前他過的是總會這樣揮手告別，不再見面也是理所當然的行商生活。

總是放心不下繆里的原因，或許就出在這裡。

「想去找她嗎？」

赫蘿的頭枕在羅倫斯腳上，看不見表情。

但不知怎地，羅倫斯覺得她已經睜眼，正盯著地板看。

無論她為何這麼問，答案都只有一個。

「我怎麼可能去啊。」

無論想不想，事實上就是去不得。

即使旅館有瑟莉姆幫忙，客人多時也不曉得是否忙得過來。況且接下來，還會有客人從瑟莉姆的哥哥所開的巡禮旅舍來到紐希拉，光處理眼前雜事就快要沒時間了。這樣的生活還會一直持續下去。

然後時光飛逝，一轉眼就來到不敢妄想離開這片土地的年紀。某天某個人，或是其中一個客人敲響旅館的門，說道：

我這有封給羅倫斯先生的信……

這就是人的一生。世界是那麼地寬廣，路卻很窄。

能夠照料的只有雙手可及的範圍，而那樣或許就已經夠奢侈了。

羅倫斯摸摸赫蘿的肩，而赫蘿深吸口氣，吐了出來。

「汝老是在擔心繆里，也想見見她唄？」

撫肩的手停了下來。

「咱也聽說馬來這裡做什麼了，不難想像愛操心的汝會頂著什麼臉回來。」

容易把未來想得太黑暗的人不曉得是誰喔。羅倫斯雖想這麼說，不過赫蘿的耳朵含著笑意似的抽動，表示是她是故意那麼說的。

可是，羅倫斯無法因此就重拾笑顏。

因為他還不知道赫蘿為什麼要那麼說。

「……有時候，想療傷得先把膿水清乾淨。妳是這樣才故意用力擠我的傷口嗎？」

「大笨驢。」

赫蘿翻過身來。

泛紅的琥珀色眼眸，溫柔得令人膽怯。

「咱啊……」

說到一半，赫蘿的眼從羅倫斯身上移開。

接著突然嗤嗤笑起來，大病初癒般費勁地撐起身體，倚上失措的羅倫斯。

「喂喂喂，妳這是──」

赫蘿的態度不是怒也不是哭，更不是無奈，使羅倫斯倍感疑惑，半蹲著抱住赫蘿。
也許是酒與溫泉讓她流了不少汗，比平時更濃的香氣搔弄鼻腔。
赫蘿頭埋在羅倫斯胸口，要把自己氣味擦在羅倫斯身上般轉了兩次臉。
「繆里走了以後，汝好像太寵咱了。」
「這……」
這是無法否認的事實，但若承認了，赫蘿的指甲說不定也會刺進背裡。
完全馴化的羅倫斯不知怎麼回答，而赫蘿似乎連他這個反應一起笑。
「呵呵。咱挑上汝，還真是有眼光。」
「……是啊，我也覺得妳買到好東西了。有點自賣自誇就是了。」
羅倫斯的話讓赫蘿晃了晃耳朵尾巴。
發癢似的笑了一會兒後，赫蘿態度一改，離開羅倫斯。
並輕聲說道：
「這樣不公平，咱也要給汝報恩才行。」
赫蘿看著羅倫斯依然迷糊的臉，露出一個大微笑。
那是尖牙醒目，愛惡作劇又有點詐，心底卻比誰都更像個專情少女，羅倫斯最愛的赫蘿的笑臉。

「汝啊，去旅行唄。」

從那張嘴蹦出來的話，讓羅倫斯詫異得不得了。

「……咦？妳在說什麼啊……」

「跟汝聽見的一樣。我們已經在這待了十年，在人世裡算長的了，偶爾到外地走走也不錯。再說，汝那顆傻腦袋只知道擔心繆里，讓汝先安點心對以後也好。」

「呃……」

赫蘿已經看慣那張說不出話支支吾吾的臉，聳聳肩說：

「汝想說旅館怎麼辦唄？」

那當然啊！但羅倫斯只有動嘴巴，出不了聲。

赫蘿應該也了解經營與維持旅館是多麼不容易的事，而且比羅倫斯更明白那有多重要才對。

是有些旅館老闆步入晚年後就收起店鋪，展開巡禮之旅。

可是現在這麼做，未免也太早。

赫蘿經常脫口說出一些極端的想法，而這次真的有點過頭，會是醉言醉語嗎？當羅倫斯終於皺起眉頭，赫蘿看穿他想法般豎起食指說：

「汝還是一樣有眼無珠。」

「才沒有。從以前到現在都一樣，妳想亂來的時候，我都看得很清楚。」

「哎喲？」羅倫斯回嘴讓赫蘿挺起胸膛。

而羅倫斯更加把勁地繼續說：

「旅館怎麼辦，收起來嗎？少了我們，旅館根本開不起來。要是重新開張，遠方的客人不會那麼快就來，至少要等上一年。這段時間我們要吃什麼，貨源也要重新找耶？拜託妳也多——」

「拜託汝也多對自己有點自信嘛。」

羅倫斯閉起嘴，是因為赫蘿的笑容就是那麼深。

「汝把這旅館弄得這麼有聲有色，客人各個都很高興。儘管寇爾小鬼和繆里不在了，客人的評價還是沒變。這裡啊，已經建立起夠大的口碑了。」

赫蘿愉快又驕傲的笑容，讓羅倫斯說不出話。

愛使壞又個性彆扭的她很少誇人。

更別提對象是羅倫斯了。

「休息個一、兩年，客人不僅不會生氣，還會為咱們回來時能儘快開張出錢出力吶。」

有這麼好的事嗎……如此質疑的羅倫斯回想客人的模樣。

絕不輕易做出樂觀預測，是旅行商人的習慣。

可是赫蘿的意思是客人就是那麼喜歡這間旅館，懷疑她的話，就等於懷疑她的自負。而客人實際上也很喜歡這裡。

按道理來說，是可以理解赫蘿的想法，但現實的問題使他難以贊同赫蘿如此誇張的言論。

「就、就算這樣……難道我們要把旅館交給醉客來營運嗎？要是沒了我，瑟莉姆光是記帳就忙不過來了，漢娜也離不開廚房，不管怎麼想都開不下去啊。」

理想鄉紐希拉，其實是用一身泥濘的努力撐起來的。難道是太寵她，讓她連這都忘了嗎。羅倫斯質疑地往赫蘿看，結果被她瞪了回來。

「大笨驢。所以咱不就挺身而出，示範一次給汝看了嗎？」

「咦？」

赫蘿看著錯愕的羅倫斯，露出平時那張受不了的臉。

「汝一定是以為咱是想偷懶，才拿工作跟他們賭唄？」

她說的是白天的事吧。喝贏了他們，就要幫她工作。

「不、不是——」

嗎？最後一個字，羅倫斯再大膽也說不出口。接著他察覺赫蘿的想法，不禁叫出聲來。

「難道妳……！」

赫蘿賊賊一笑，完全是賢狼的臉。

「即使咱在這呼呼大睡，汝愛憐地摸著咱的傻臉，旅館的工作不是也做得比平時還好嗎？」

那麼老闆夫婦出門旅遊也一樣。

羅倫斯也才剛目睹過他們的能力。

赫蘿唏噓地對啞口無言的羅倫斯嘆氣。

「咱的確是買到了好東西，可是汝也要好好想想自己究竟得到了什麼唄？」

她又貼了過來，但態度不太一樣，像準備纏繞獵物的蛇。

這陣子，羅倫斯經常需要照顧赫蘿。

不過赫蘿畢竟是赫蘿。

「咱們是不能離開太久沒錯，但半年左右，他們也願意吧。報酬就是淡季的自由時間。」

他們認為這裡是心目中最理想的旅館，不辭千里而來。

不相信這份熱情，要怎麼為這旅館的魅力自豪呢。

「妳喔……」

「嗯嗯？」

赫蘿環抱羅倫斯，很故意地搖尾巴撒嬌。

羅倫斯低頭看著赫蘿，除了笑還是笑。

「沒什麼，只是覺得妳不愧是寄宿在麥子裡的狼之化身。」

「喔？」

赫蘿帶著「咱就聽聽汝怎麼解釋」的挑釁笑容看過來。

「妳細心保養了這麼久，不結個大穗出來怎麼行呢？」

赫蘿睜大眼，嘴向橫咧到底，露出尖牙。

「大笨驢。」

這三個字，羅倫斯已聽過無數次。

他也覺得自己實在魯鈍。

因為都相處了那麼久，還無法完全摸透赫蘿的妙處。

「所以真的要去旅行嗎？」

對於這個問題，赫蘿是這麼回答的。

「嗯，咱也好想看看孫子的長相吶。」

「唔、啥！」

看著張大了嘴的羅倫斯，赫蘿賊賊地笑起來。

這傢伙老是這樣……在心中發牢騷的羅倫斯表情愈苦，赫蘿的尾巴搖得愈開心。

「咱可是賢狼赫蘿，汝就只有被咱玩弄的份。」

說是這麼說，不過赫蘿的臉還是埋在羅倫斯胸口。

喔不，就是這樣才糟糕吧。羅倫斯這麼想著，抱住赫蘿細瘦的身體。

因為被這樣的狼黏上，就再也離不開了。

「真是的，愈想愈可怕。」

羅倫斯認命地如此呢喃時，暖爐中的薪柴劈啪爆開。

這是發生於秋季的故事。

一段最美妙的季節中，最美妙的時光。

後記

好久不見，我是支倉凍砂。《狼與辛香料》竟也來到二十集了呢，實在感謝各位讀者的支持。回想當年，預備的橋段在第三集時就已用盡，很擔心不曉得怎麼寫下去。重啟後的短篇集，起先也是庫存的點子用得很高興，到最近就變得像擰乾抹布一樣，奇怪的是還真的擰得出東西。這條抹布是不是特別會裝乾啊……？

很希望可以繼續這樣擰下去，而不把它擰破，還請各位多多關照。

在各位讀到這篇後記時，小梅けいと老師的《狼與辛香料》漫畫版最後一話應該也刊上雜誌了。這邊也花了十年以上的功夫，以上百話的篇幅描繪赫蘿與羅倫斯的故事。輕小說的漫畫版容易受制於動畫化等各種問題，且原作愈長，也就愈難持續畫下去。在這樣的環境中，小梅けいと老師能夠維持高水準品質畫到最後，實在難能可貴，辛苦您了！市面上輕小說的漫畫化作品何其多，我想我算是十分幸福的原著。這全得歸功於替我和小梅老師牽線的O編輯大人！

難得這麼感動，我也很想直接在這收尾，不過剩餘篇幅還很多……更何況，《狼與辛香料》

和《狼與羊皮紙》（應該）都還會繼續下去呢！

說起這近況嘛，我胖了。來到人生體重最高峰，光是坐著肚子就覺得難受。夏天前慢跑和控制飲食維持得不錯，導致後來疏忽，每天都是拉麵、咖哩、咖哩、拉麵的生活，轉眼就復胖。現在又回到運動與麥麩麵包的生活。然而話雖如此，寫這篇後記的前一天我還是吃了長得像蛋糕的芝加哥披薩。真的很好吃喔！現在最想吃的是鮟鱇魚鍋，要放滿滿的魚肝。魚鍋應該很健康才對。大概吧。我相信。

另外，由於最近沒時間旅遊，希望能在2018年內出門走走。算一算，日本的都道府縣我已經去過大半了（路上經過的不算）。

還有很多諸如四國八十八所巡禮之類的事等著我去嘗試呢。

同理，《狼與辛香料》的世界應該也有很多有趣的點子尚待發掘！

這次後記就寫到這裡，下次再會。

文倉凍砂

狼與辛香料

國家圖書館出版品預行編目(CIP)資料

狼與辛香料. XX, Spring Log. Ⅲ / 支倉凍砂作 ; 吳
松諺譯. -- 初版. -- 臺北市 : 臺灣角川, 2019.01
面 ;　公分
譯自 : 狼と香辛料. 20, Spring Log. III
ISBN 978-957-564-700-1(平裝)

861.57　　107019874

Kadokawa
Fantastic
Novels

狼與辛香料XX
Spring Log III

（原著名：狼と香辛料ＸＸ Spring Log Ⅲ）

2019年1月19日 初版第1刷發行
2024年6月17日 初版第6刷發行

作者：支倉凍砂
插畫：文倉十
日版設計：渡辺宏一
譯者：吳松諺

發行人：台灣角川股份有限公司
總監：呂慧君
總編輯：蔡佩芬
主編：林秀儒
編輯：黎夢萍
設計指導：陳晞叡
美術設計：莊捷寧
印務：李明修（主任）、張加恩（主任）、張凱棋、潘尚琪

發行所：台灣角川股份有限公司
地址：104台北市中山區松江路223號3樓
電話：（02）2515-3000
傳真：（02）2515-0033
網址：www.kadokawa.com.tw
劃撥帳戶：台灣角川股份有限公司
劃撥帳號：19487412
法律顧問：有澤法律事務所
製版：巨茂科技印刷有限公司
ISBN：978-957-564-700-1